NO CALOR DAS COISAS

Carolina Scoz | Cláudia Antonelli

NO CALOR DAS COISAS

– CRÔNICAS PSICANALÍTICAS –

No calor das coisas: crônicas psicanalíticas
© 2023 Carolina Scoz e Cláudia Antonelli
TAO Editora

Publisher Edgard Blücher
Editores Eduardo Blücher e Jonatas Eliakim
Coordenação editorial Andressa Lira
Produção editorial Helena Miranda
Preparação de texto Ana Lúcia dos Santos
Revisão de texto Maurício Katayama
Diagramação Negrito Produção Editorial
Capa Laércio Flenic
Imagem da capa iStockphoto

Rua Pedroso Alvarenga, 1245, 4º andar
04531-934 – São Paulo – SP – Brasil
contato@taoeditora.com.br
www.taoeditora.com.br

Segundo o Novo Acordo Ortográfico,
conforme 6. ed. do *Vocabulário
Ortográfico da Língua Portuguesa*,
Academia Brasileira de Letras, julho
de 2021.

É proibida a reprodução total ou parcial
por quaisquer meios, sem autorização
escrita da Editora.

Todos os direitos reservados pela Tao
Editora.

Dados Internacionais de
Catalogação na Publicação (CIP)
Angélica Ilacqua CRB-8/7057

Scoz, Carolina.
 No calor das coisas : crônicas psicanalíticas
/ Carolina Scoz, Cláudia Antonelli. – São
Paulo : Tao, 2023.
 216 p.

Bibliografia
ISBN 978-65-89913-26-9

1. Crônicas brasileiras 2. Psicanálise -
Crônicas I. Título II. Antonelli, Cláudia.

23-2360 CDD B869.3

Índices para catálogo sistemático:
 1. Crônicas brasileiras

Ao leitor, ser de mil faces que vive em nossa imaginação
Por quem todas as palavras nascem, desejando serem lidas
Sem você, falaríamos ao vento
Ou pior:
Viveríamos afásicas.

Nota

As crônicas que compõem este livro são novas versões de textos publicados pelas autoras no Caderno C do jornal *Correio Popular* (Campinas), de 2016 a 2022.

Conteúdo

Em vez de prefácio, um convite – *Cordelia Schmidt-Hellerau*   13

Testemunha – *Carolina Scoz*   19

Admirável mundo novo – *Cláudia Antonelli*   23

Canção do amor imprevisto – *Carolina Scoz*   27

Amor, diplomacia e terror – *Cláudia Antonelli*   31

Inimigos – *Carolina Scoz*   35

O Expresso Oriente – *Cláudia Antonelli*   39

Trompas de Falópio – *Carolina Scoz*   43

Entre quatro paredes – *Cláudia Antonelli*   47

Uma furtiva lágrima – *Carolina Scoz*   51

A dor mais profunda é a sua – *Cláudia Antonelli*   57

A Terra Prometida – *Carolina Scoz*   63

A loucura nossa de cada dia – *Cláudia Antonelli*   67

Tagliare i panni addosso – *Carolina Scoz*   69

A história afetiva dos ingleses – *Cláudia Antonelli*   73

Esses decrépitos muito sensíveis – *Carolina Scoz*   77

Selfies e estrelas – *Cláudia Antonelli*   81

Nossa primeira salvação – *Carolina Scoz*   85

A terceira margem do rio – *Cláudia Antonelli*	89
Ênfase – *Carolina Scoz*	93
A voz de Amy – *Cláudia Antonelli*	99
De perto – *Carolina Scoz*	105
Azul impermeável – *Cláudia Antonelli*	109
Ruminar – *Carolina Scoz*	113
Uma filigrana de açúcar – *Cláudia Antonelli*	117
Ouvir – *Carolina Scoz*	121
Dentro e fora do tempo – *Cláudia Antonelli*	125
Aquecer o ausente – *Carolina Scoz*	129
New York, New York – *Cláudia Antonelli*	135
Alma – *Carolina Scoz*	139
O que não fizemos – *Cláudia Antonelli*	145
Antes – *Carolina Scoz*	149
O Papai Noel, o coelho da Páscoa e a Mega-Sena da Virada – *Cláudia Antonelli*	153
Inventário de palavras – *Carolina Scoz*	157
Um conto de amor – *Cláudia Antonelli*	163
A estupidez vista de fora – *Carolina Scoz*	167
O relógio – ou o azul dos seus olhos – *Cláudia Antonelli*	173
Des-esperar – *Carolina Scoz*	177
Um mar de coisas – *Cláudia Antonelli*	181
Léxicos amorosos – *Carolina Scoz*	185
É para lá que eu vou – *Cláudia Antonelli*	189

Novas safras – *Carolina Scoz* 193

Das palavras – *Cláudia Antonelli* 197

Coração inteligente: um posfácio interminável
– *Diana Lichtenstein Corso* 201

Sobre as autoras 215

Em vez de prefácio, um convite

CORDELIA SCHMIDT-HELLERAU

Todos esses cafés pelo mundo... Aqui na Cidade Velha, espremido num canto entre dois edifícios antigos, está, há muito tempo, o Café Chronos. Levemente inclinadas sob o desgaste do tempo, as paredes abraçam um pequeno terraço recolhido, com mesas, cadeiras e dois ombrelones, que balançam à suave brisa da manhã. Existe, ainda, para as horas de vento ou frio, uma sala fechada, repleta de mesas redondas e poltronas confortáveis. O aroma morno da confeitaria adentra pela porta de trás. *Cappuccino* e *croissant*, ou chá com *madeleines* de Proust. O porta-jornais está quase vazio, pois os exemplares foram para as mesas, nas quais os clientes leem as últimas atualizações sobre fatos locais, política, esportes ou artes. Assim, logo cedo, ninguém tem muita vontade de falar. Somente se ouve o som da colher na xícara, das páginas folheadas ou de moedas deixadas sobre a mesa de mármore, na saída do cliente.

Mais tarde, no meio da manhã, amigos se reúnem para compartilhar assuntos. Ao meio-dia, uma pequena seleção de pratos é servida: sanduíche de peru, salada *niçoise*, sopa do dia. Os colegas discutem acontecimentos, entregam-se a fofocas, relaxam. À tarde, avozinhas se misturam aos estudantes, turistas examinam guias enquanto alongam as pernas. Quando o sol se põe, *prosecco* e nozes, ou Campari e azeitonas com amêndoas, substituem café e bolo, chá e biscoitos. O Café Chronos fecha às oito da noite.

Gosto de ir a cafés. Faço isso desde que era uma jovem estudante. Geralmente, sozinha. Um café me proporciona esse momento de descanso, que não encontraria em casa, onde as tarefas parecem sempre me esperar. Sento-me, olho em volta e detenho--me no que me ocupa a mente. Estou ali sem propósito. Vez ou outra, também me encontro com amigos para uma breve conversa. Parece um pouco como um tempo roubado, algo extra. Dedicamo--nos a uma breve conversa sobre a vida um do outro. Na maioria das vezes, a verdade é que permaneço sozinha, entre clientes tranquilos – um café é meu repouso; permite-me ser uma pessoa sem rumo, aleatória, discreta, indetectável. Nele, nascem as ideias.

No mundo islâmico, os primeiros cafés foram abertos nos séculos XV e XVI, em Damasco, Meca e Istambul. As pessoas iam até lá, tomavam algo e conversavam, jogavam jogos de tabuleiro, ouviam histórias e música, discutiam política. Por oferecerem a chance de falas livres, tais lugares foram chamados de "escolas de sabedoria", suspeitosamente rotulados, pelos imãs e sultões, como potenciais ambientes para reuniões subversivas. Na Europa, as primeiras cafeterias apareceram no século XVII. No ano de 1632, em Livorno; em 1650, em Oxford; 1672, em Paris; e 1685, em Viena. É interessante que os cafés tenham ganhado força na época em que a assim denominada clareza do iluminismo difundiu sua mensagem libertária, sem precedentes: "Pare de correr, sente-se, atreva-se, diga o que pensa".

Já estive em alguns dos mais antigos cafés do mundo: Café de Flore, em Paris (desde 1887), Café Central, em Viena (1876), *Caffè Florian*, em Veneza (1720), Caffè Greco, em Roma (1760), Confeitaria Colombo, no Rio de Janeiro (1894), Café Tortoni, em Buenos Aires (1858). Para evitar turistas, como eu, as primeiras horas da manhã, justamente quando o café abre, são as melhores. Enquanto tudo ainda está relativamente quieto, sonho com os escritores e músicos famosos, com os artistas e filósofos que ali estiveram ao longo dos séculos – sentados onde agora estou, sozinhos ou com outros, em pensamentos ou conversas.

Assim, talvez um dia – digo no ano de 1893 –, Sigmund Freud se encontrasse no Café Central de Viena. Todo perdido em cogitações sobre sua paciente Anna O. e os debates a respeito dela que vinha tendo com o colega Josef Breuer, ele saboreava um charuto, enquanto observava afundar a filigrana de açúcar, lentamente, na espuma de seu café com leite. Quando os últimos cristais de açúcar houvessem desaparecido, algumas das palavras de Anna O., sobre as quais Freud refletia há algum tempo, convergiriam de maneira nova e bastante interessante... "É o que ela tenta me dizer", pensou.

A importância da livre associação, então, ocorreu-lhe. Trata-se dessa cadeia de pensamentos, aparentemente aleatórios, que conduzem os indivíduos por caminhos serpenteantes, em direção às cavernas secretas do inconsciente. Basta ouvir, imaginar, seguir, combinar. E o que era verdade para Anna O. se aplicaria a todos. Obviamente, também para ele! Que fascinante! Uma descoberta psicanalítica crucial! Freud mergulharia a colher em seu café com leite muitas outras vezes, com zelo.

Os psicanalistas sabem das dificuldades de seus pacientes em associar livremente. Muitos dos pensamentos que cruzam as nossas mentes são estranhamente mal recebidos e, logo, esquecidos. Ainda assim, associamos o tempo todo. Desse modo, aprendemos, lembramo-nos e estamos no mundo: fazemos sentido de algo novo ao assimilá-lo a algo familiar. Isso acontece sem que nos esforcemos. Estamos conscientes dessas transformações, embora de modo parcial. De maneira inconsciente, sonhamos com tais conexões misteriosas. Figuras da escuridão. Agora, entendemos. Será que entendemos? A compreensão leva tempo. Mas será que ainda resta tempo numa vida como essa que levamos?

A Itália é conhecida por seus excelentes cafés. Você entra, vai até o balcão, paga por seu pedido e recebe um bom *espresso*. Ainda há cadeiras, geralmente tomadas pelos idosos, acostumados a sentar-se e observar as pessoas. Os clientes mais jovens, contudo, apressam-se e nem se preocupam em tirar seus casacos. Tomam sua dose de cafeína; raramente trocam palavras com os atendentes; e vão embora. Cafés são para pessoas de passagem. Estão ocupadas.

A vida é uma corrida. Não há tempo para reflexão. Será que ainda conseguimos ir mais devagar?

Como tem sido extensamente discutido, o ritmo de mudança em nossa cultura se acelerou. Os avanços tecnológicos estão se avolumando. Eles transformam nossas aspirações, transcendem os limites de nossa imaginação, complexificam e confinam nossas comunicações mais rapidamente do que o esperado; tornam-nos impacientes. As conexões de internet em banda larga de alta velocidade lançaram suas amplas redes ao redor do mundo, e, com um clique, podemos saber e dizer tudo, além de estar em diversos lugares, com inúmeras pessoas, ao mesmo tempo.

É fácil verificarmos as notificações apenas rolando a tela abaixo... Mas ainda temos fôlego? Os cafés tornaram-se estações de carregamento para nossos aparelhos; o wi-fi é gratuito. Em silêncio, os clientes sentam-se em longas filas à frente de seus laptops ou debruçados sobre seus smartphones. Suas associações são impulsionadas por algoritmos. Eles usam as mesmas *hashtags*. Tomam café, ou chá, em copos térmicos de papel. Uma nova comunidade se formou. Os clientes de hoje se conhecem pelo que fazem. Se têm um problema com seu dispositivo, alguém ao lado há de ajudar, alguém estenderá o cabo elétrico. Tudo isso pode parecer diferente – e, ainda assim, é como sempre foi: o café é o lugar certo para se ir. As pessoas entram, instalam-se por horas, não podem e não querem fazer isso em casa. Suas novas formas de pensar e de ser criativas exigem o café. O horário de fechar foi empurrado para as 23 horas.

Agora, imaginem um sábado de manhã, em Campinas. Sonhemos aqui, juntos, de olhos abertos. Estive passeando pelas ruas, curiosa sobre o que poderia ver. Peço ao taxista que me leve a um tal shopping conhecido por seus frondosos jardins internos, repletos de pássaros. Intrigada, entro para conhecer o lugar e logo encontro o Café Malabarista. Olho à minha volta. Todas as mesas estão ocupadas. Ali, parada, sem saber o que fazer, vejo uma cadeira livre, numa mesa em que duas mulheres tomam café. Será que trabalham num sábado à tarde? Noto um bloco de papel sobre a mesa e um notebook semiaberto. Elas parecem captar minha hesitação e fazem um gesto para eu me juntar a elas. "Posso?". Como elas acenam com a cabeça e sorriem, fico tranquila em aceitar o convite.

Logo descubro: elas são Cláudia Antonelli e Carolina Scoz, psicanalistas e escritoras. Estão ali para falar sobre o livro que lançarão em breve. Do que se trata? De uma coleção das crônicas que elas vêm publicando, em jornal, há alguns anos. E sobre o que são as narrativas? "De tudo um pouco", diz Cláudia. "Obras que lemos, filmes que vemos, acontecimentos dos quais as pessoas nos falam, experiências que vivemos". "Sempre o que surge de situações cotidianas", explica Carolina, "traduzimos, na escrita, o que nos comove ou provoca..." Cláudia acrescenta: "São, talvez, ensaios sobre a vida e a morte...". "No calor das coisas", dizem as duas, ao mesmo tempo. Engraçado pronunciarem isso juntas, numa cafeteria ao ar livre, tão próximas às coisas vivas que são mesmo o alimento da literatura. "E quem é você?", pergunta Cláudia para mim.

"Também sou psicanalista e escritora", respondo. "Moro em Boston. Neste momento, sou uma hóspede em Campinas. O que mais? Gosto de inventar histórias como esta, de preferência em cafeterias, ampliando o que me vem à mente – um pouco como fiz em minhas análises, e, provavelmente, como vocês o fazem em suas crônicas. É um prazer conhecê-las. Fico feliz que falem inglês, pois não falo português. Obrigada por me terem convidado!"

Continuamos a prosa, mesmo depois que o café se fecha, mesmo depois que voltei a Boston, e mesmo apesar de vivermos em continentes diferentes. Agora, reunimo-nos em nosso Café Internet global, no qual Cláudia e Carolina me convidaram para escrever estas poucas linhas: não é um prefácio, mas um convite para sua mesa, em seu Café virtual, no qual elas se debruçam sobre os eventos do dia a dia, associando, expandindo, ficcionalizando.

Este é um convite para o livro delas, um chamado à reflexão. É por isso que estou aqui. Havia esse Café Malabarista no caminho. Eu poderia ter passado por ele, mas, devido a um capricho, acabei decidindo parar. Estou feliz por tê-lo feito.

Testemunha
Carolina Scoz

Você conta, desde o início da mensagem, que é uma leitora assídua deste jornal – páginas matinais que chegam à porta, enroladas sob elástico, num contorcionismo que apenas nos permite ler a manchete, quase nunca uma notícia encorajadora, naqueles minutos brumosos junto à primeira xícara de café (voltamos dos sonhos noturnos há pouco – seguimos num estado delicado quando o cotidiano ressurge).

Cita textos escritos há bastante tempo, alguns já esquecidos nas gavetas desordenadas de minha própria memória. Diz que a comoveram – sim, é certo, ou não se lembraria. Estariam perdidos, feito poeira suspensa no ar. Sua carta era grande demais, porém, para uma leitora intencionada a elogiar. Os muitos parágrafos anunciavam que você explicaria algo. "Vivi um amor que ninguém conheceu. Guardei comigo esse segredo. Agora que tenho 86 anos, preciso falar antes." Antes de quê? Antes de se esquecer? Antes de hesitar? Antes de morrer? Antes que todas as lembranças afetivas desapareçam para sempre junto à matéria esvanecida, fazendo de nós aquilo que Margaret Atwood chamou, numa dura poesia, de "um corpo desencantado e nada mais"?

Imagino que você possa sentir aquele mesmo desejo narcísico dos escritores: garantir que alguém testemunhe. Abrir os diários empoeirados que registraram viagens a confins sem nome. Não levar consigo um esplendor que, silenciado, apagar-se-á para sempre. Tornar uma experiência partilhável com quem a possa acolher, sem julgá-la desvairada, nociva ou corriqueira. Ir embora deste mundo sabendo que suas palavras continuarão a ressoar.

Aliás, essa mesma poeta canadense acaba de finalizar um livro que somente poderá ser lido daqui a um século. A ousada ideia é a seguinte: cem escritores colaborarão, cada qual com um texto, e todos esses volumes permanecerão guardados numa cápsula do tempo, preservada em Oslo, na Noruega. "É uma espécie de *A Bela Adormecida* – os textos vão cochilar por cem anos e, então, despertarão, num retorno à vida", disse Margaret Atwood ao entregar os originais de seu livro a quem fechou a grande caixa, dentro da qual repousarão, até que um editor (ainda por nascer!) venha a reabri-la. Pena... morrerei sem comprar meu exemplar de *Scribbler Moon* (algo como "Lua Escrevedora"), curiosa obra destinada a ser futuramente tocada pelas mãos do primeiro leitor, num tempo longínquo para o autor. Será algo que nunca se viu: um livro que voou por cima de duas gerações para alcançar humanos ainda nem concebidos. Quem sabe os filhos de meus filhos desejem ler a publicação adiada dessa autora, que, como eu, não estará aqui? E, quem sabe, porque vai se aproximando o inelutável começo de sua ausência, é que a anima tanto essa aventura literária profundamente esperançosa? Um ato de fé: acreditar que existirá alguém capaz de recolher nossas palavras, e aninhá-las no colo manso, e salvá-las do fim.

Por alguma razão, você decidiu confessar a mim, essa desconhecida, algo calado durante muitos anos: você foi uma mulher que viveu uma relação impossível e, por isso, invisível a todos. Somente você, e mais ninguém, consegue recordar essa novela encenada no imenso palco de sua mente, lugar onde a censura – para a nossa sorte – não é a mesma força desmancha-prazeres que age sobre nossos atos públicos. "Achariam que sou louca se eu falasse dessas coisas!".

Jorge Luis Borges – suponho – não a acusaria de loucura. Diz ele: "Como pude não perceber que a eternidade é um artifício esplêndido que nos liberta, nem que seja fugazmente, da intolerável opressão do sucessivo?". Você não suportou viver sob a "opressão do sucessivo". Seu olhar alcançou uma vida extraordinária, lá adiante, num tempo mítico. Se entendi, reencontraram-se poucas vezes. Você fez sua família aqui; ele a fez longe. Trocaram correspondências – não sei quantas, suponho que muitas, já que você fala de uma "relação epistolar". Renunciaram ao caso explícito, mas vejo que algo resistiu.

Ele a inspirou, encorajou e celebrou suas alegrias. Ele foi o primeiro a festejar, com você, todos os seus aniversários. Ele a convidou para dançar, ele a colocou para dormir. Bastava fechar os olhos para, num átimo, refazer o abraço silente, e entrelaçar as pernas distantes, e beijar o rosto adorado que fervilhava de êxtase. Décadas de solidão acompanhada: veja a rebeldia geográfica e temporal que cometeram; ele lá, você aqui. Cada qual num lugar do mundo, paralisaram o relógio naquele instante da paixão que todos desejamos eternizar. Um artifício esplêndido que a mente humana oferece a nós, seres que gozam (e, também, padecem) daquilo que fantasiam.

Nada sei além do que você contou na única mensagem que me enviou. Os psicanalistas não são acostumados a conclusões rápidas, a diagnósticos imediatos. De nossa afeição pela vagareza, Nelson Rodrigues debochava: "Não há no enfarte a paciência das neuroses". Um cardiologista luta contra os minutos que correm entre um obstáculo súbito na coronária e o colapso dos órgãos vitais. Sem que o sangue volte a rapidamente fluir pela imensa teia de capilares, vasos e artérias, as células morrem sufocadas. Nós, atrás de divãs, não lutamos contra o tempo, contra o passado, contra o sofrimento. Escutamos a narrativa do paciente e buscamos expandir os capítulos que ele, solitariamente, escreveu. Ao longo dos meses ou anos de relação, os personagens e acontecimentos nunca serão os mesmos e, em vez de romances, ou tragédias, ou comédias de erros, surgem histórias que nem são possíveis de classificar porque cada página ainda há de ser reescrita infinitas vezes. Se essa autobiografia impublicável não chega a um ponto final, é porque uma testemunha permanece a ouvi-la.

Contaste bem pouco desse seu antigo segredo, mas desconfio que ele cansou de viver numa caixa trancada.

Admirável mundo novo

CLÁUDIA ANTONELLI

Não é o mundo do qual nos falou Aldous Huxley em seu livro publicado em 1932, que previa, em forma de ficção, como seria a vida em 2540. Dentre outras elucubrações, surgiam o desenvolvimento da tecnologia reprodutiva e a manipulação da espécie humana sob diversas formas. O escritor acertou tudo, com exceção da data – afinal, esses fatos já estão aqui entre nós, quase quinhentos anos antes.

No entanto, esta crônica não trata do mundo de Huxley, mas do nosso mesmo, de agora: 2020. Enquanto eu caminhava pela via Norte-Sul, num domingo pela manhã, observava os estabelecimentos fechados, margeando-a. Aliás, não apenas fechados: tinham um claro ar de abandono. Foi quando uma dúvida me tomou: estão assim porque é domingo ou porque não abrem mais as portas, quebrados pela pandemia? A sensação foi distópica. Exatamente como nos filmes futuristas de ficção científica, não identifico, de imediato, o que ocorre ali.

Às vezes, a realidade é dura demais para ser enxergada. Não era o sol alto e forte daquela manhã que me ofuscava, mas ela mesma, a realidade. As pessoas caminhavam, assim como eu, com aparente disposição, enquanto dávamos passos apressados numa avenida ao mesmo tempo esvaziada e preenchida: de vento, asfalto e das motos estridentes que rasgavam o silêncio a todo momento.

A cada pessoa que cruzava o caminho, a mesma pergunta me ocorria: será que a reconheço, por baixo da máscara? O rosto pela metade escondido, óculos escuros, uma ou outra com a viseira por cima de tudo. Algumas com cachorros, outras ouvindo música, falando energeticamente com alguém ao lado através dos tecidos, papéis ou outros materiais que cobriam os narizes, bocas e, por vezes, os olhos. Algumas sorriam – eu tinha a impressão; em outras, raras, o rosto surgia, descoberto.

Mais que uma, para minha surpresa, não corrigia a rota de colisão de sentido contrário ao meu, na qual vinham a passos basculantes – via-me obrigada a dar um rápido salto ao lado e pisar na grama, para que ela só coubesse na passarela de cimento, o que, em melhores circunstâncias, exigiria somente meio passo de cada uma, para o lado, e permaneceríamos ambas na tal passarela.

Voltei a pensar no futuro. Como será, de fato, o nosso? Já percebi que projeções extremas, tanto de tempo quanto de imaginação, não costumam dar certo. Huxley, que projetou para 608 anos adiante do seu, lançou para muito longe e errou no tempo. *Os Jetsons*, aquele desenho da família espacial do início dos anos 1960, também arremessou um pouco alto demais: ainda não temos carros voadores neste século XXI, tampouco cidades inteiras suspensas no espaço (ainda que já haja plataformas de trabalho astrofísico). Acertou em cheio, contudo, na transmissão via imagem – a tal videochamada –, que parecia tão futurista e encantadora à época e, hoje, parece-nos bastante rotineira; tem até quem, nesta pandemia, nem aguente mais *lives* ou reuniões via Zoom.

Mas e o nosso futuro, então? Soa-me curioso escutar quem ache que, "após a pandemia", mudaremos significativamente. Logo no início, entusiastas se apressaram em produzir belos vídeos às vezes também um pouco futuristas, difundidos pelas redes sociais, veiculando que "o mundo não seria mais o mesmo". Decerto, não, uma vez que muitos morreram e sofreram neste capítulo da história; mas já sabemos que não haverá um após muito modificado. Sim, um tempo, espera-se, com menos sofrimento causado pelos vírus (no plural). Sabemos também, agora, que sempre houve e haverá outros. A vida continua, mais ou menos tal qual é.

As coisas e as pessoas mobilizam nossas angústias, e, mesmo sabendo que não são somente nossas, individuais, é difícil compreendê-las. A pessoa que vem marchando em sentido contrário nesta via, sem esboçar o menor movimento para compartilhar o espaço comigo em rumo oposto, me preocupa.

Às vezes, gosto de pensar no futuro, mas confesso que me importam menos atualmente as ideias e imagens *high-tech* – sem desmerecer sua importância – do que saber se haverá espaço para o outro humano. Ou seja, haverá humanidade num futuro nem tão distante? Haverá natureza, chãos de terra, praias de areias e águas limpas, alimento que erradique a fome, escolas de paredes sólidas e playgrounds para as crianças brincarem e sonharem com os *seus* futuros? Isto sim. Com suas mentes nutridas e pensantes, poderão deveras voar.

Um verdadeiro e admirável mundo novo.

Canção do amor imprevisto

CAROLINA SCOZ

Tomas não estava em busca de romance algum quando subiu no trem, em Praga, rumo a uma pequena cidade da Boêmia, a uns 200 quilômetros. Tampouco ao pedir um conhaque à moça do bar, antes de caminhar ao hotel. A tarde estava fria. Ele, cansado. O lugar era ruidoso e simplório. Quem sabe desejasse algo distante naquele dia banal, algo que o dever aborrecido o forçara a deixar: seu imperturbável apartamento para onde voltava todas as noites ao sair da ala cirúrgica.

Sem a disposição de espírito que poderíamos chamar de expectativa ou, ao menos, de branda esperança, foi surpreendido pela discreta beleza da garçonete que o serviu. Parecia diferente das mulheres voluptuosas que Tomas levava para casa, variando-as sob a "regra de três": encontrar uma fêmea por, no máximo, três noites próximas e, então, desaparecer para sempre; ou vê-la durante uns poucos anos, mas com a condição de esperar que transcorressem ao menos três semanas entre um encontro e o seguinte. Tal método era necessário, explicava Tomas aos colegas, para que o sexo não fosse entendido como vínculo. Equacionar relações tão distintas fazia com que a leveza da amizade erótica cedesse à voracidade do amor. Onde há amor, impõem-se exigências intermináveis às quais o homem tentará "quixotescamente" atender. Todos os dias, novos favores, esforços e concessões. Renunciar a vontades, refrear espontaneidades. Ser quem ela precisa que ele seja. Tudo isso para logo descobrir que fracassou – o muito que fez ainda foi pouco.

Encenar novamente a trama conjugal não era algo que suportasse imaginar. Por isso, jamais dormia aninhado a uma mulher: antes da meia-noite, levava-a embora de seu apartamento. Não consentia a entrega feminina ao sono exausto após o intenso deleite carnal. E não acenava para qualquer espécie de futuro; no melhor dos casos, umas poucas horas adicionais de excitação mútua entre pernas enlaçadas – se ele voltasse a querer. Ou nunca mais. Os anos de múltiplos casos e, sobretudo, o amargor de seu casamento precipitado ensinaram-no a desconfiar das mulheres. Sentia medo delas. Bastava um pouco a mais de ternura, e lá vinham, ardilosamente capazes de ocupar o território alheio e dominá-lo, como um exército inimigo que avança, sorrateiro, na escuridão noturna.

No dia seguinte, sentados num banco amarelo da praça central, Tomas e Tereza conversaram até minutos antes de o trem voltar a Praga. Ela tinha os cabelos presos com fivelas e usava um vestido estampado de florezinhas, quase infantil. Uma jovem absorta em deveres monotonamente distribuídos pelos dias – foi o que pareceu. Por alguma razão indecifrável, Tomas entregou-lhe um cartão com seus telefone e endereço, surpreendendo-se com a própria reação. "Falava num tom cortês e Tereza sentiu sua alma projetar-se por todas as veias, todos os vasos capilares e todos os poros, para ser vista por ele". Não imaginava que a encontraria em breve, febril, batendo à sua porta. E que a deixaria ficar.

"Ele sentiu então um inexplicável amor por essa moça que mal conhecia. Tinha a impressão de que se tratava de um bebê que fora deixado numa cesta, untada com resina e abandonada sobre as águas de um rio, para que ele a recolhesse na margem da sua cama", narra Milan Kundera em *A insustentável leveza do ser*. Um bebê numa cesta é inofensivo – nada impõe ou ameaça; apenas existe inocentemente, adormecido pelo balanço das águas. Morrerá se não estendermos os braços para alcançá-lo, seja por covardia, seja por frieza.

Desconhecemos o que Tomas possa ter sentido por Tereza, sobretudo porque é um desses personagens calados que tentamos enxergar agarrando-nos às descrições e impressões de um narrador intrigado. "Há muitos anos penso em Tomas. Mas foi sob a luz destas reflexões que o vi claramente pela primeira vez. Eu o vi de pé, diante de uma janela de seu apartamento, os olhos fixos na parede defronte, do outro lado do pátio, sem saber o que fazer." Mas o fato é que Tomas não a fez ir. Com isso, terá aquietado em si próprio a luta permanente contra os riscos imponderáveis do amor? É possível.

De qualquer modo, não seria esse o único encontro fortuito que acabou por reescrever o destino. Uma das histórias mais conhecidas da literatura mundial – *As mil e uma noites* – conta a saga do califa Shahriyar, iniciada na descoberta da infidelidade de sua esposa, que secretamente era amante de um escravo do palácio, até conhecer Sherazade, condenada a ser mais uma virgem entregue ao monarca para satisfazê-lo por uma única noite e, logo ao amanhecer, ser executada. Eram seus atos insaciáveis de revanche: estuprar e assassinar. No leito matrimonial, suas aflitas vítimas tornavam-se objetos descartáveis: nada além de corpos apavorados, para uso efêmero. Não restaria chance de ser traído novamente – não por uma mulher. Se adiou o sacrifício de Sherazade, foi porque as histórias que ela contava o envolviam num manto reconfortante de palavras. Queria ouvir a continuação no dia seguinte. Como acabar de vez com aquele sussurrar que acalmava sua ira vingativa e fazia-o dormir, levado por sonhos? Ele a mataria, como a todas as mulheres que possuiu à força. Não supunha que desejaria mais uma noite, e depois mais outra – "mil e uma" –, o que é uma poética forma de dizer "para sempre". Observa Kundera: "Para que um amor seja inesquecível, é preciso que os acasos se juntem desde o primeiro instante, como os passarinhos sobre os ombros de São Francisco de Assis."

Em todos os lugares do mundo, a todo instante, revoluções íntimas acontecem. Mario Quintana, aqui perto de nós, teve essa sorte. Ou quis essa sorte? Para alguém, surgida por acaso – num bar, num banco de praça ou num devaneio insone, não importa –, escreveu "Canção do amor imprevisto".

>Eu sou um homem fechado.
>O mundo me tornou egoísta e mau.
>E a minha poesia é um vício triste,
>Desesperado e solitário
>Que eu faço tudo por abafar.
>Mas tu apareceste com a tua boca fresca de madrugada,
>Com o teu passo leve,
>Com esses teus cabelos...
>E o homem taciturno ficou imóvel, sem compreender nada, numa alegria atônita...
>A súbita, a dolorosa alegria de um espantalho inútil
>Onde viessem pousar os passarinhos.

É seu aniversário, meu amigo. Não desejo "toda a felicidade do mundo" a você, nem depois que a vida o surpreendeu com aquela desilusão. Desejo-lhe mesmo é a sorte do amor imprevisto, esse abrupto e invisível milagre que já salvou tantos.

Amor, diplomacia e terror

Cláudia Antonelli

– Tem um brasileiro que parece muito simpático, trabalhando lá com a gente, disse-me despretensiosamente meu companheiro, em seu sotaque britânico.

"Lá" era o Alto Comissariado para Refugiados da ONU, em Genebra, na Suíça, próximo à virada do milênio.

– É? – retruquei, sem mais implicações. Afinal, de tempos em tempos algum funcionário internacional brasileiro passava por ali.

– Sim. Ele veio na minha sala, conversamos um pouco. Disse para ele que você era brasileira. Pensei que poderíamos chamá-lo para jantar um dia destes; eu sei que brasileiros gostam de se encontrar. Ele me pareceu muito legal. Muito, mesmo. Sérgio, o nome dele.

Esse jantar nunca aconteceu. Pouco tempo depois, vim a identificar, com bastante susto e pesar, que se tratava de ninguém menos do que de Sérgio Vieira de Mello, um dos mais importantes diplomatas brasileiros a atuarem na linha de fogo dos conflitos mais sanguinários do planeta naquele momento. Era negociador da ONU – talvez o melhor, segundo os especialistas. Não houve ocasião, não houve momento. Enviado a Bagdá pelo secretário-geral da ONU de então, Sérgio tinha uma missão de imensa importância: a dissolução de um conflito na capital do Iraque, que havia sido, até então, indissolúvel. Tinham esperança em suas habilidades, mas não houve tempo.

O hotel onde ele se alojava foi bombardeado, numa manhã de terça-feira, um dia após sua chegada ao local. O alvo do ataque

– apesar dos 22 mortos e cerca de 150 feridos – era somente ele, o mediador do conflito.

Sérgio, diplomata brasileiro, mestre em filosofia e doutor em ciências humanas pela Sorbonne de Paris e autor de inúmeros artigos sobre os direitos humanos, além de uma prática cotidiana – o exercício de 33 anos de diplomacia, dos breves 55 de sua vida –, foi aniquilado covardemente. Sem a possibilidade da defesa ou da palavra, por uma ação terrorista da hoje conhecida Al-Qaeda, que, na época, assumiu o ato; um dos primeiros que começavam a ser admitidos e nomeados pelas agências terroristas. "(...) Obscuras forças de resistência, entregues à prática do terror, elegeram a ONU como alvo de uma ira sem explicação e fizeram explodir o seu escritório", veiculou um jornal da época.

Apesar dos diplomas, Sérgio fazia questão de não se manter atrás de uma escrivaninha. Entregava-se à linha de fogo e ao diálogo face a face com os líderes mais perturbados e perturbadores que as missões humanitárias podiam apresentar – era lá onde ele melhor servia: em campo. Certa vez, afirmou que era dever da ONU proteger os direitos humanos antes de empreender manobras diplomáticas. "Os povos em primeiro lugar, não a política", costumava dizer.

Retomar contato com esse episódio brutal me fez valer, também, uma reflexão a respeito desse aspecto humano que, creio, encontra-se em todos nós: o escopo entre o terror e a diplomacia; entre o destrutivo que pode nos habitar, em forma de inveja, agressão e não pensamento, e o lugar da possibilidade construída e efetivamente sincera de se estar com o outro. Os dois extremos de como o gesto humano pode se manifestar.

A diplomacia é considerada não natural – dificilmente representa nossa vontade, que é, geralmente, egoísta e teimosa. É um artifício que se cria para intervir no espaço existente, muitas vezes inóspito, entre essas duas ou mais partes que competem, enquanto ao menos uma delas busca um lugar possível de ser habitado por ambas: seja este um lugar mental, concreto, ou um acordo. O antes impossível vislumbra, então, a possibilidade.

"A diplomacia é a arte do possível." Uma arte feita de afetos e pensamentos organizados, ações refletidas, desejos e interesses próprios, muitas vezes sublimados em direção a uma construção com o outro. Mas tão somente e antes, a partir da própria conciliação suficiente consigo mesmo e com o vislumbre da frustração e da aceitação das necessidades desse outro. A negociação, afinal, abarca sempre esse espectro – um quantum de perda, em prol de um ganho maior, compartilhado.

Em outras palavras, a diplomacia age, inicialmente, no mais íntimo de cada um: nos conflitos de interesses do próprio mediador. As relações internacionais são, antes de tudo, relações interpessoais – e Sérgio era expert nesse laborioso e complexo fazer.

"Nada é mais solitário do que o diálogo interno do pensar; e, no entanto, (...) este é o melhor estímulo para que alguém busque o entendimento e a comunicação. Afinal, é no íntimo de cada um que habita a verdade", diz Jacques Marcovitch, quem organizou a biografia de Sérgio, que "(...) deixou uma reputação de conquistador de resultados em todas as missões integralmente cumpridas, enquanto viveu. Sendo, em todos os momentos, a interlocução o seu grande instrumento de trabalho".

É o que Sérgio deve ter feito inúmeras vezes, já que "As relações internacionais desenvolvem-se à sombra da guerra", conclui o biógrafo.

A guerra é sempre iminente – dentro e fora de cada um –, e o terrorismo, a resposta radical em forma de ação nua e crua, sem palavras. Fato desprovido de simbolismo, feito de fúria e do projeto de eliminação do outro, enquanto ser necessariamente diferente: é o ato destrutivo, não negociado, não repartido, que irrompe a fronteira do humano, do longa e laboriosamente construído tecido que nos possibilita *con-viver*, na cultura.

Foi um ato assim que retirou Sérgio de seu dia e de sua vida – sem aviso prévio, sem seu conhecimento, muito menos seu consentimento.

Soube-se depois que, após o prédio ter desabado devido ao ataque, ele permaneceu vivo sob os escombros por mais três horas. Fez contato com a sede da ONU de seu rádio portátil, fornecendo informações e detalhes, para receber ajuda – que tardou a vir. Dali a três horas, seu corpo não resistiu.

Gosto de pensar em Sérgio como um bom representante. Além do Brasil, da ONU e da diplomacia por excelência, representou a si mesmo no mundo, da melhor forma que alcançou. Num mundo de difícil equilíbrio entre o amor, a diplomacia e o terror.

Era o campo francês e o inverno. Em meu sonho de agora, teríamos feito algo caseiro, regado a vinho da região, com lareira e conversas que, suspeito, teriam sido vivas e duradouras. Estão aqui, até agora.

Inimigos

CAROLINA SCOZ

Meus gatos têm cérebro do tamanho de uma mexerica. Leo e Blue nunca conseguirão ler, falar e escrever. Jamais saberão que vivem num imenso planeta redondo e azul, habitado por mais de 8 bilhões de *Homo sapiens* que fazem negócios, viagens, ciências, festas, livros e guerras em, aproximadamente, 7 mil idiomas. Aqui, celebram um bebê; ali, velam um morto. Aqui, um cântico a Deus; ali, um manifesto contra a teocracia. Declarações de amor enviadas nas madrugadas insones dos apaixonados. Mensagens de ódio espalhadas pelas redes sociais. Dizer ao psicanalista o que foi sonho, ou lembrança, ou tormento. Canções de protestar, canções de dançar, canções de ninar. Denúncias, campanhas, súplicas, acordos, leis. Humanos fazem mil coisas por meio de palavras.

Os gatos, porém, ignoram nossas sofisticadas modalidades de pensamento. Olham atentos para a tela da TV, sem compreender que todos aqueles seres coloridos são pessoas reais, em dimensões miniaturizadas, trazidas a nós por conexões virtuais. Balofos convictos, não há de fazer sentido a eles que eu caminhe todas as manhãs numa esteira, fixada em tais imagens falantes e transitórias, enquanto acelero para atingir trezentas calorias (ironicamente, gostam de tirar um cochilo perto de onde travo minha luta inglória contra o envelhecimento). Aninhados na toca de pelúcia, Leo e Blue ronronam, alheios e desinformados, ao mirarem a ciranda de noticiários, filmes e séries que a eles não parecem interessar. Quase nada os desassossega.

É verdade que cheguei a borrifar, no refúgio deles, um spray indicado pela veterinária. Inodoro para nosso olfato, o líquido translúcido evoca, sinteticamente, o hormônio volátil que a pele da fêmea felina dispersa pelo ar quando amamenta seus filhotes. Relembrar a presença materna basta para apaziguar um gato, vida afora. Nenhum mal lhe aconteceu quando sua mãe estava ao redor. Portanto, tranquiliza-se sempre que o mundo volta a exalar o cheiro daquele primeiro corpo adorado, no qual havia leite morno e um lugar manso para recostar – uma espécie de paraíso perdido que ressurge. O que pode atemorizar um gato a ponto de perfumarmos o ambiente com o aroma feminino primordial? Banho, por exemplo. Mudança de endereço. Consulta veterinária. Ou a chegada de outro animal naquele habitat doméstico que era dominado por ele. Bastou, no entanto, Leo e Blue descobrirem que tais aborrecimentos são inofensivos, o artifício químico perdeu a serventia.

Ademais, sabem discriminar inimigos com precisão (tenha um bichano e você nunca encontrará um inseto ou camundongo em sua casa). "O gato tem honestidade emocional absoluta", com razão observou Ernest Hemingway, exatamente porque confia nas próprias impressões. Se gostar de você, acomodará a cabeça felpuda em sua perna, entregue ao sono mais ingênuo. Sentindo medo, correrá para longe ou enfiar-se-á em alguma fresta inalcançável, deixando à mostra somente aqueles grandes olhos resplandecentes.

E quanto a nós, seres humanos?

Chegamos ao lado de fora do útero já fazendo distorções. Nem conseguimos segurar a mamadeira e somos capazes de transformar fome, dor, medo, raiva e outras sensações desprazerosas em agressões externas. Empurramos para fora nossas aflições, convertendo-as em injustiças que nos penalizam. "O inferno são os outros", escreveu Sartre num despudor associado a um fino entendimento do psiquismo. Somos especialistas em apontar o dedo para algum culpado por nosso mal-estar.

Ouça, novamente, meia dúzia de canções sobre rupturas amorosas. O abandonado sofreu um duro golpe. Não merecia tal ingratidão. Avisa que haverá revanche. "Dei pra maldizer o nosso lar / pra sujar teu nome / te humilhar / e me vingar a qualquer preço / te adorando pelo avesso / só para provar que ainda sou tua (...)" – quantos desamados já não entoaram frases desse tipo? Trêmula, com os cabelos a recobrirem a face molhada, Elis Regina cantou tais versos de Chico Buarque, ao lado do piano de Antônio Cesar Camargo Mariano, homem que a deixaria naqueles mesmos dias. Chorou, por todas as mulheres, a agonia profunda de uma separação indesejada. Como ele pôde acabar com tudo? Depois de filhos e discos e brigas e planos? Com que direito me trocou por uma vida sem mim?

Pois é bem a plasticidade criativa que possibilita extrapolarmos nossos instintos e aprendermos infinitamente mais do que um gato, o que nos condena a inventar convicções delirantes sobre as causas de nossos sofrimentos. Tentar entender o outro, a ponto de respeitar a alteridade, a unicidade daquela forma de existir no universo das relações pode ser espontâneo aos "poetas, santos e traidores", como disse Umberto Eco na reunião de ensaios *Construir o inimigo e outros escritos ocasionais*, mas não é algo que façamos sem esforço. Reagimos às diferenças, impulsivamente, como se fossem ataques – nossa natureza é mais afeita à vitimização do que ao reconhecimento de nossa implicação nos acontecimentos.

Em 2016, por exemplo, o mundo se despediu de Fidel Castro (no meu caso, foi um adeus instantâneo: vi a notícia e virei a página do jornal). Sob o argumento de lutar contra o imperialismo norte-americano, durante 57 anos, encarcerou opositores, e, aos cidadãos amedrontados, proibiu eleições, liberdade de imprensa, sindicatos livres, direitos individuais e, sobretudo, a chance de irem embora para onde quisessem – impondo um regime ditatorial sem qualquer frescor democrático. Diante de sua morte, houve quem lamentasse a perda desse "espírito revolucionário". Naquele mesmo ano, Trump, numa campanha feita de berros acusatórios e promessas de salvação, ganhou a mais disputada eleição presidencial da Terra. À época, prometeu deportar imigrantes ilegais, sancionar exportações da China, impedir a entrada de muçulmanos. Anunciou que uma longa muralha dividiria, de ponta a ponta, a fronteira entre México e Estados Unidos. Depreciou negros e latino-americanos, cidadãos inconvenientes ao propósito do *"Make America Great Again"*, o slogan de sua campanha. E tratou de cercar a Trump Tower, o quarteirão inteiro desse arranha-céu em Nova Iorque, de grades metálicas e policiais empunhando fuzis – isso para que nenhum manifestante ousasse aparecer nas redondezas. Esses não seriam exemplos de alguns sintomas, entre tantos outros, de nosso apego à lógica paranoica, segundo a qual é necessário combater inimigos para resolver infortúnios?

Em seu caderno de anotações, Mark Twain, certa vez, escreveu: "Se seres humanos pudessem cruzar com gatos, isso aprimoraria os homens, mas deterioraria os felinos". Dessa cópula bizarra, é certo que os gatos surgiriam piores: mais angustiados, mais intolerantes e violentos – e bem menos graciosos.

O Expresso Oriente
Cláudia Antonelli

Sonho em fazer essa viagem. À janela de uma poltrona desse icônico trem, devaneando em silêncio, apenas observando a paisagem passando lá fora. Um café ou chá no vagão-restaurante no meio da tarde, com uma música suave de fundo. Revistas e jornais do mundo todo disponíveis para leitura; o tintilar das colheres tocando as xícaras. Um drinque ao entardecer, no lusco-fusco do dia; as primeiras estrelas despontando no céu, que também parecem mover-se, acompanhando-nos. Quem mais sentou-se nessa cadeira? Quem mais entrou nesse café desde que esse trem começou sua história, em 1883? Mais tarde, de volta ao vagão leito, a noite preenche a ampla janela daquele dormitório pequeno, mas aconchegante, enquanto escuto em boa companhia o deslizar das rodas do trem sobre os trilhos. Este é o *Expresso*, para os mais íntimos. Soube que planejam seu retorno para 2024. Meu sonho, assim, me parece mais próximo.

Enquanto não chega, assisto ao filme. Uma nova produção do clássico *Assassinato no Expresso Oriente* (2017). E, talvez um pouco encantada pelo impacto da sétima arte, pondero que, em festivais de cinema, este deveria participar na categoria hors-concours. Já digo o porquê. Antes, alguns dados: a história policial, escrita por Agatha Christie e publicada em 1934, apesar de seu imenso sucesso, teve sua estreia no cinema somente quarenta anos depois, em 1974, com os grandes Ingrid Bergman e Sean Connery no elenco. O de agora também tem uma turma de primeira, liderada por Kenneth Branagh, que dirigiu o longa e delicia-nos, uma vez mais, com sua sólida formação *shakespeariana* no papel do irreverente Hercule Poirot.

Mas digo que se trata de um hors-concours por ser algo além de um filme ou de um recorte da literatura. Creio que seja, na realidade, um recorte da humanidade, ela mesma.

A história, muitos sabem, é inspirada no real e luxuoso trem que ligava a Ásia de antes à Europa. O detetive Poirot – grande (mas não único) protagonista da trama – encontra-se em Istambul e sobe a bordo do trem, inadvertidamente, no último instante (uma dessas precisas imprevisibilidades da vida), uma vez chamado a retornar a Londres, onde vivia, para desvendar um novo mistério. O que ele "não sabia" é que seu próximo mistério já estaria ali, nesse acaso sincrônico de última hora, a bordo do próprio trem, durante o caminho. A vida é assim.

É inverno no Leste Europeu, e, no trajeto, uma nevasca desencadeia uma avalanche, descarrilando o suntuoso trem, que permanece ali, sobre uma frágil ponte, em meio à bucólica paisagem, branca e gélida, até o final da narrativa – ali mesmo, exatamente entre o Oriente e o Ocidente, próximo e distante, metáfora, talvez, para as relações humanas, confinadas ao espaço de um mesmo vagão.

A trama, até então, é de detetive: plausível, lógica e investigativa. Naturalmente, como num bom enredo policial, todos são suspeitos. Todavia, não vou me ater ao enredo – que pode ser facilmente encontrado nas páginas da internet, ou no excelente livro de Christie –, mas ao que mais me chamou a atenção em meio ao luxo e ao glamour que a caneta-tinteiro de Christie nos oferece: aquele fator humano tão menos belo, menos aristocrata e menos nobre, que por ela nos é revelado nessa história.

Quando alguém é assassinado entre os doze seletos passageiros e ali permanece até que o trem seja resgatado, algo do cheiro da morte paira entre esses personagens, que, assim como todos os humanos, desvelam seus afetos para muito além – ou aquém – de suas estéticas refinadas.

Quem não gosta dos tais *spoilers*, pare por aqui. Mais do que suspeitos, todos se mostrarão culpados. Sob uma doce e inocente trilha sonora de fundo – aquela grácil musiquinha que escutamos de brinquedos de corda, com bailarinas que rodopiam, em filmes de terror –, o filme também expõe, magistralmente, o bruto do humano.

Ao reconstituir o crime já passado, a cena se dá em preto e branco, recriada e recontada pela mente do detetive. Ali, vê-se o quão mesquinhos, vingativos, passionais e imperfeitos aqueles distintos passageiros, na verdade, são. Não que sejam somente isso.

Todos somos culpados. É isso o que Christie e Branagh nos contam nessa complexa – e simples, ao mesmo tempo – ficção. Da rica aristocrata (a grandiosa Judi Dench) à bela e independente americana (Michelle Pfeiffer), do erudito médico (Leslie Odom Jr.) à recatada religiosa (Penélope Cruz), todos os passageiros daquele trem reconheceram suas razões para matar a vítima.

Assim como a camada de neve que recobre o trem estacionado, algo também da fina camada da vida de relações se derrete no calor daquela convivência. Um após o outro, todos narram seu subtexto mais verdadeiro, delineando o horror que o subjaz, ao vermos cair de cada um a assim chamada máscara social. Ou melhor, não caem – são retiradas por Poirot, um pouco à força de pensamento e trabalho. Por desprezar a superfície, o detetive escava além: "Eu vejo a fenda do humano", diz ele.

Sabe-se que Agatha Christie foi casada com um arqueólogo, que ela acompanhava, às vezes de perto, em seus trabalhos de campo – o que me faz pensar nesses processos de estratigrafia da arqueologia: a retirada dos sedimentos que cobrem outros conteúdos soterrados; retira-se a poeira de cima para se encontrar o que há, tão mais importante, abaixo.

Nessa história, Christie o faz no contexto europeu de seu tempo, num luxuoso trem de dar inveja a qualquer viajante – a mim, inclusive. No entanto, se afastarmos o figurino e os contornos da primeira classe – como assistimos aqui –, restará, simplesmente, o humano. O demasiadamente humano.

Trompas de Falópio
Carolina Scoz

Não nascemos no dia em que nossas mães nos "deram à luz". Surgimos no escuro uterino, entre milhões de células que chegaram tarde demais. Perderam-se pelo caminho ou correram em vão. Apenas um espermatozoide atingiu o óvulo que há poucas horas tinha atravessado as trompas de Falópio e deslizado para esse oco viscoso onde tantos óvulos morrem anonimamente – ignorados e solitários – por cerca de três décadas reprodutivas. Mas, naquele dia, vinha a tal multidão frenética. Duas células encontraram-se. Naquele exato instante, nascemos. E, desde então, gostemos ou não, a vida de cada um de nós é uma crescente sucessão de casualidades. Se recuarmos ainda mais na história dos acontecimentos, lá estão nossos pais vagando por um mundo com alguns bilhões de possíveis amores. Olharam-se fixamente, chegando mais e mais perto, lançaram meia dúzia de frases nervosas – e aqui estamos nós, descendentes ingênuos dessa cópula estatisticamente quase impossível entre dois seres que não sabiam bem o que faziam de suas vidas.

Com razão, os historiadores criticam análises hipotéticas do passado, ao acusarem o equivocado anacronismo desse raciocínio, que desrespeita a lógica do tempo, supondo que a mente poderia ter usado um conhecimento que, na realidade, ainda não existia. "Na noite de insônia, substância natural de todas as minhas noites, / Relembro o que fiz, e o que poderia ter feito na vida. / Relembro, e uma angústia espalha-se por mim todo como um frio no corpo ou um medo. / O irreparável do meu passado – esse é que é o cadáver!" – e segue Fernando Pessoa, nesse julgamento delirante de si próprio, ao apontar erros absurdos, quando somente o que há, na verdade, é um trajeto obscuro, finalmente visto de frente para trás.

A vida humana por um fio

Quando Priska, Rachel e Anka chegaram a Auschwitz, em 1944, e, já nuas para a inspeção, deram de cara com o médico Josef Mengele, simplesmente não sabiam o que responder.
"*Sind Sie schwanger, fesche Frau?*" ("Está grávida, bonitona?").
Duas filas dividiam as mulheres. Poucas entendiam se era vantagem ir para a direita ou para a esquerda. Na dúvida, algumas confessavam a gravidez – talvez supondo ingenuamente que seriam protegidas. Essas morreram na câmara de gás, consideradas inúteis para o trabalho forçado. Não houve tempo para compreenderem que todos os princípios éticos haviam sido revogados e que cada ser humano valia na medida exata de sua força produtiva, sob estado extremo de privação.
Igualmente em dúvida, algumas negaram. Quem sabe deduzissem, após a viagem no trem gélido e imundo, que, naquele lugar, um bebê não seria bem-vindo. Ou nada pensaram e, desesperadas de medo, vergonha e fome, responderam: "Não". Em *Os bebês de Auschwitz*, obra da jornalista Wendy Holden, não há novidade na descrição das brutalidades contra os judeus arrastados para a opressão – ou para a morte. O mais impressionante é, exatamente, o pequeno acidente que mudou a sorte de Eva, Mark e Hana, os três únicos bebês sobreviventes daquele campo de extermínio. Diante da pergunta cínica e cruel, obstinada a encontrar a vida para rapidamente aniquilá-la, uma palavra trêmula os salvou.
Gostamos de acreditar que "poderíamos ter feito". Preferimos arcar com a angústia surgida dessa injusta autoacusação a reconhecer o quanto somos impotentes na tarefa de determinar a própria história. A dura verdade é que, muitas vezes, decidimos na escuridão, e, se isso abala nossa onipotência, aumentando medos, ao

menos evita culpas desnecessárias. E traz esperança (vai que um instante extraordinário nos aguarda bem à frente, amanhã ou depois, desses que salvam a vida da banalidade – ou a salvam do fim?).

O (sempre) acidental nascimento do amor

Às vezes, ele se perguntava o que aconteceria se tivesse aceitado carona naquele carro de amigos que se chocou contra um caminhão. Será que, impensadamente – e não por bondade ou prudência –, evitaria a tragédia com os segundos que demoraria a entrada de mais uma pessoa no banco traseiro, quem sabe desmontando aquela maldita fatalidade que pôs quatro jovens na exata trajetória de um caminhão desgovernado? Ou seriam cinco as existências interrompidas cedo demais, cinco os obituários absurdos no jornal do dia seguinte, cinco as mães hereticamente incrédulas na graça divina? O fato é que chegara aos 52 anos quando se sentou na poltrona 12B do voo com destino a Londres. Metódico quando se tratava de atravessar oceanos, aguardava a decolagem, informava à comissária que dormiria até o café da manhã, pedia uma taça do melhor tinto disponível, reclinava o banco até o limite e cedia ao efeito sonífero do álcool, sob a penumbra acinzentada do tapa-olhos. Dessa vez, por algum infortúnio mecânico, a aeronave demorou a subir aos céus – o que o fez notar que a passageira a seu lado rabiscava anotações a lápis na autobiografia de Elie Wiesel, um dos raros garotos sobreviventes de campos de extermínio nazistas. Salvou-se apenas porque a Guerra terminou antes que um guarda julgasse inútil aquele trapo desumanizado. *Noite* era o nome na capa. Desejou que a moça lesse em voz alta, o que pediu a ela num descompasso entre a vontade e o bom senso. Tudo o que aconteceu depois, a infinita ciranda de enlevo e temor, a liberdade poética com que reinventaram palavras, o acúmulo de pequenas desilusões cotidianas, as juras de finais sem volta, os recomeços sedentos de felicidade, as insistentes memórias que, vez ou outra, tentariam lançar ao vento feito papel rasgado em mil pedaços, quem se tornaram, pouco a pouco, ao longo daqueles anos (e quem jamais poderiam ter sido, caso nunca viessem a se encontrar; uma ideia espantosa, não acham?) – tudo por causa de um livro tristíssimo que ela trazia consigo e uma pergunta incontida que ele pronunciou antes mesmo de beber o primeiro gole: "Pode ler para mim?".

Entre quatro paredes

Cláudia Antonelli

Os três personagens morrem e chegam ao inferno. Este, porém, não tem demônios nem fornalhas como na tradição cristã. É apenas um quarto fechado onde os três se veem condenados a conviver uns com os outros. Confinados, sem espelhos, expostos em suas falhas, os três são obrigados a se ver através dos olhos alheios.

É assim descrita, pela Wikipedia, a peça teatral em um ato *Huis Clos*, de Jean-Paul Sartre, traduzida para o português como *Entre quatro paredes*, que carregou a conhecida máxima "o inferno são os outros".

O script, escrito ao final da Segunda Grande Guerra, revela, não por acaso, o desafio maior do indivíduo humano: a convivência. Nessa qualidade de simulacro de encontro consigo no encontro com o outro – em uma espécie de reflexo no espelho que falta a este quarto, mas encontra lugar nos olhos alheios –, o inferno se presentifica.

Freud já o havia compreendido: entre as dores do corpo e de seu iminente envelhecimento e decadência; as ameaças da natureza em sua potência incomensurável; e a convivência com o outro ser humano, esta última é a mais ardilosa.

Todavia, podemos, num momento de oblívio, esquecermo-nos de que nós somos esses outros: o inferno alheio, com nossas necessidades, faltas, obstinações e áreas confusas de nossas mentes. É isso, sobretudo, que esse drama encenado revela.

No entanto, *Entre quatro paredes* também nos remete a outros quartos pelo mundo. Permanecendo na França de Sartre, quem nunca, no quarto de um hotel na Cidade das Luzes, encheu uma sacola de queijos e, com uma *baguette* e uma garrafa de vinho, lá foi, num dia frio, mais do que economizar o alto custo de uma refeição nessa cidade, entregar-se ao encanto da degustação em *petit comité*? Ou ainda, entre quatro paredes, instala-se também o erótico: no quarto, afinal, espaço reservado que exclui todo o restante do mundo, cada um decide o que faz ou deixa de fazer nesse vasto e incerto universo que é o campo da sexualidade humana.

E há ainda tantos outros memoráveis quartos pelo mundo. Em seu quarto de uma pensão em Arles, na França, Van Gogh pintou a série de três quadros que se tornaria uma das mais conhecidas obras de toda a humanidade: *O Quarto* – e, segundo o próprio artista, "o seu melhor trabalho". Um dos quadros desse trio, Vincent ofereceu à sua mãe. Talvez lembrança para aquela que primeiro o fez dormir e acordar inúmeras vezes? Dez meses depois, Van Gogh viria a morrer. Sua mãe conservou o quadro com seu quarto, até sua própria morte.

Ali, à mesma época, em outra parte do mundo, entre as quatro paredes de uma cela de prisão, Oscar Wilde – condenado a dois anos de sofrido cárcere por sua homossexualidade, proibida na Inglaterra de então – escreveu *De profundis*, tarefa que, provavelmente, manteve-o vivo até o final de sua condenação: "É preciso que eu diga a mim mesmo que fui o único responsável pela minha ruína e que ninguém, seja ele grande ou pequeno, pode ser arruinado exceto pelas próprias mãos. Estou pronto a afirmá-lo (...)", refletia Wilde, mantendo-se pulsante e pensante, até que estivesse livre novamente.

Mas há também, entre quatro paredes, muitas mortes – incluindo assassinatos e suicídios. Entre as quatro paredes do quarto de um hotel (também em Paris), o escritor e poeta português Mário de Sá-Carneiro, no final de um mês de abril, antes de completar

30 anos, pôs fim à sua vida, deixando uma carta de despedida ao seu amigo mais próximo, Fernando Pessoa:

> Meu Querido Amigo,
> A menos de um milagre, na próxima segunda-feira (ou mesmo na véspera), o seu Mário de Sá-Carneiro tomará uma forte dose de estricnina e desaparecerá deste mundo. (...) Não vale a pena lastimar-me, meu querido Fernando: afinal tenho o que quero – o que tanto sempre quis – e eu, em verdade, já não fazia nada por aqui. Já dera o que tinha a dar.

Seus parênteses – "ou mesmo na véspera" – significam que talvez o fizesse no domingo, abortando, assim, o início de uma nova semana. Acabou aguardando o final daquele mês. "Perdi-me dentro de mim/ Porque eu era labirinto/ E hoje, quando me sinto, é com saudades de mim (...)", escreveu ainda Mário, em "Dispersão".

Pessoa, de fato, não pôde salvá-lo. Ao contrário, quase em eco, ressoou alguns anos mais tarde: "Não sei o que o amanhã me trará", supostamente suas últimas palavras escritas. O poeta acabou por morrer em Lisboa, sua cidade natal, entre as quatro paredes do Hospital de São Luís dos Franceses, de uma crise de pancreatite aguda.

Apesar de ser o grande escritor da língua portuguesa de então, e ainda dentre os de agora, Pessoa registrou essa frase em inglês, idioma que gostava de usar e que, conjecturo, também o aliviava às vezes – como momentos de descanso de seus heterônimos lusófonos, de sua língua-mãe, e de si mesmo.

Mais próximo a nós, entre as quatro paredes do próprio quarto no Palácio do Catete, Getúlio Vargas realizava seu suicídio com um tiro de pistola, em agosto de 1954. Igualmente em agosto, mas de 1962, a bela Marilyn Monroe era encontrada morta em sua própria cama. A lista é, em realidade, longa.

Mas voltemos à vida. Por fim, é difícil esta passagem, mas não poderiam faltar as quatro paredes de uma sala de análise. Lugar onde, quando em um bom encontro entre analista e analisando, tanta coisa é vivida. O passado, revisitado; o presente, contado e recontado; a história – conforme ela nos pede –, reconstruída; as fantasias, observadas; os medos, desejos, pensamentos e sonhos, escutados. As narrativas de cada um, habitadas nessa experiência única que é uma análise, sempre sem precedentes. Ali, arrisca-se a fazer juntos passeios por lugares infindos e sempre imprevistos, da aventura humana. "(...) deste relacionamento íntimo, os personagens e acontecimentos nunca mais serão os mesmos, e, em vez de romances, ou tragédias, ou comédias de erros, surgem histórias que nem são possíveis classificar, porque cada página ainda há de ser reescrita infinitas vezes", disse, acertadamente, Carolina Scoz.

Entre quatro paredes, pode-se até ler e escrever, como eu particularmente gosto e faço agora. Além de, simplesmente – ainda que, para muitos, não seja tão simples assim –, apenas dormir e sonhar.

Uma furtiva lágrima

Carolina Scoz

Imagine, por apenas um instante, que o oncologista está a subir e descer os olhos pela tomografia computadorizada de seu tórax. A imagem alva e sólida, destacada entre tons de chumbo, nada de mau dizia a você, paciente respeitoso que tentava suportar o pesado silêncio do especialista, até que a ponta da caneta do médico toca a mancha, o rosto dele se levanta, e a voz cortante surge como uma flecha: o exame detectou a metástase de algum tumor originário. Você permanece calado, mirando o círculo disforme. E não é que parece uma nuvem de tempestade, um cúmulo-nimbo de água congelada, antes de precipitar-se furiosamente em pedras de granizo? Seu pai dizia que aviões voam acima das nuvens porque essas grandes massas imprevisíveis podem, sim, derrubá-los. Era, será, uma alegoria sobre nossa vulnerabilidade diante da natureza? Mas que recordação antiga foi essa a invadir sua mente numa hora dessas?

Não há razão para suportar tratamentos agressivos, mutilantes. E os gráficos de sobrevida, publicados nos melhores *journals* científicos, demonstram que, mesmo entre as alternativas mais sofisticadas, ainda não há recurso eficaz o suficiente para justificar seu alto custo financeiro e todo o inevitável desgaste psicossomático. Confirmado o diagnóstico, quase sempre restam poucos meses à frente. Para uma pessoa nessas condições, a justa prioridade é evitar desconfortos e sofrimentos.

"Protocolo de cuidados paliativos", insiste ele nessa expressão. "Medicina humanizada", diz com a firmeza de quem reitera o juramento hipocrático. *Distanásia*, a obstinação em prolongar a sobrevivência a qualquer custo, é um disparate pós-moderno que esse médico experiente não aceita praticar. Então, conta o mito grego sobre um bom cidadão de Troia a quem Zeus concedeu a vida eterna, talvez porque o clamor nascera dos lábios apaixonados da mulher que dizia não suportar a ideia de viver sem ele (Aurora? Sim, um poético nome ela tinha... palavra que designa nascimentos infinitos, sempre uma nova manhã a clarear o horizonte). O problema foi que, suplicando ao deus supremo que o amado não morresse, Aurora se esqueceu de pedir que ele jamais envelhecesse – portanto, desastradamente, o condenou à mais terrível penúria, imerecido castigo a alguém que nada fizera além de receber a graça divina da imortalidade. Quem era mesmo o personagem mitológico? Não importa, sua memória foi ocupada pela expressão desconcertada do médico ao fitar a nuvem-metástase. Dizem que certos animais percebem os sinais de catástrofes naturais – terremotos, ciclones, tsunamis, erupções vulcânicas. Embora não sejam capazes de descrever com palavras, captam uma mudança que prenuncia a aproximação da grave ameaça. Você nota que, sob as lentes muito cristalinas dos sóbrios óculos, algo mudou no olhar daquele homem.

  Ninguém consegue realmente prever o que faria ao sair do consultório. Uns poderiam acusar o profissional de ser inapto e arrogante, um sujeito que vaticinou desgraça antes mesmo de reunir todos os exames. Outros negariam o que acabaram de compreender, usando a perversão da verdade como um alento temporário. Alguns desejariam morrer e começariam a vislumbrar um suicídio que nunca haviam realmente cogitado ser um desfecho para suas vidas. Nélida Piñon voltou para seu apartamento em Ipanema e se pôs a escrever, agora sob a pressão da ampulheta implacável que o médico subitamente a fez considerar – num misto de firmeza e hesitação, imagino, já que prognósticos desoladores podem comover até quem, há décadas, eventualmente acaba por ser o porta-voz do temível destino humano.

Uma furtiva lágrima (2019), belíssimo título inspirado na ária homônima do último ato da ópera *L'elisir d'amore*, de Gaetano Donizetti, não foi o último livro publicado por Nélida, mas é como se fosse, pois, ao originar aquelas páginas, acreditava registrar suas palavras derradeiras. Um livro de uma paciente terminal que, por fim, não terminou ali. Um diário feito para singularizar a progressão de uma grave doença, mas que acabou por ser uma coletânea emocionada – e, por vezes, cheia de humor – de memórias, propósitos e convicções.

> Tento manter aceso o gosto de estar viva. Corroborar na crença de que a despeito dos sobressaltos, dos arrepios da paixão agônica, da perplexidade diante da morte próxima, faço jus à existência. (...) Sou feita, portanto, de retalhos, dos escombros, da matéria de quem relata, sem os quais, em conjunto, a narrativa desfalece... me vejo obrigada a impedir que voltem a morrer por causa de minha ingratidão.

Lembra-nos, assim, que um indivíduo pode desaparecer, mas não sua história única.

Para isso, existem o lápis e o papel: "Narrar é prova de amor. O amor cobra declarações, testemunho do que sente. Fala da desesperada medida humana. Como amar sem os vizinhos saberem? Sem tornar pública a paixão que alberga os corpos na penumbra do quarto?". Acreditando que a morte se aproximava, reafirmou o direito de dizer o que bem quisesse. Não se obrigou ao otimismo fraudulento: "Vejam-me como sou. Calei-me por muito tempo, agora clamo por socorro. Falo". Nunca foi mesmo seu intento escrever sobre nobres virtudes, e aquela não era uma boa hora para discursos pseudoliterários. "Aqui seguem a minha ira e a minha inconformidade" – deixou claro que ia embora contrariada, preferindo viver, ainda que pudesse compreender sua finitude.

Conquanto a morte não tenha acontecido tão brevemente (Nélida Cuíñas Piñón, Imortal da Academia Brasileira de Letras, faleceu em 17 de dezembro de 2022), a escritora oferece-nos uma preciosa ilustração de que, para algumas pessoas, a herança que deixam ao futuro é uma deliberada invenção. São eles próprios quem esculpem o busto que os representará quando estiverem ausentes. Pelo que seremos lembrados? – está aí uma desconfortante pergunta. Não sei o que Nélida responderia, porque nunca perguntei a ela, nem a ouvi considerar esse tópico em debates e entrevistas.

Afinal, ninguém explora com naturalidade uma coisa dessas – o *post mortem* alheio; é preciso ser um Antônio Abujamra para tanto despudor numa conversa. Quando indagou a ela o que desejava encontrar quando morresse, Nélida confessou-lhe que bastaria "um átimo" para abraçar certas pessoas que perdera. Depois, poderia desmanchar-se até um estado de inexistência absoluta, sem a conquista da eternidade. Sem julgamento no purgatório, nem glória no céu.

E antes desse incognoscível desfecho, enquanto aqui vivemos, imersos em possibilidades terrenas? Podemos escolher agora como, no futuro, seremos recordados? Essa indagação leva-nos até o caso de Alfred Nobel, engenheiro, químico, industrial, detentor de mais de 350 patentes de armas, portanto, um homem de fortuna crescente. Pois bem, foi alguém que viveu a experiência insólita de ler o próprio obituário. Quem havia morrido era o irmão, Ludvig, mas os jornais se equivocaram, de modo que os principais diários europeus noticiaram em manchetes o infarto fulminante de um homem que continuava, na realidade, bastante vivo. "O mercador da morte está morto. Dr. Alfred Nobel, que enriqueceu ao desenvolver recursos para o extermínio em massa, morreu ontem", foi o que o próprio Alfred leu, estarrecido ao descobrir qual identidade sobreviveria a ele quando sua reputação estivesse nas mãos de biógrafos e jornalistas. Decidiu que destinaria todo o seu patrimônio, em larga expansão, a pessoas cujas obras oferecessem inequívocos benefícios ao mundo. Assim surgiu o Prêmio Nobel, que, desde 1901, anuncia, no dia 10 de dezembro (aniversário de morte de Alfred) de cada ano, ao menos cinco representantes da extraordinária benignidade que pode advir do invento humano. Pensar em Nobel, hoje em dia, é lembrar do prêmio entregue anualmente pelas mãos solenes do rei e da rainha da Suécia.

Certa vez, eu disse à Nélida que era possível ela ainda vir a ser nosso primeiro Nobel de literatura. Ela sorriu (aquele riso despudorado, que fazia os olhinhos galegos se fecharem) ao ouvir minha profecia ingênua – era uma mulher absolutamente ciente do valor de suas ideias e sua escrita, não se intimidava, nem se acovardava, mas sabia que esse absurdo planeta que habitamos, fecundo para injustiças e violências, é também feito de grandes mentes poéticas. Por isso, coerente e generosa, nunca elegia seus autores brasileiros favoritos – acreditava que, inevitavelmente, deixaria muitos de fora dessa lista apressada. Pensar em Nélida é lembrar-se de uma intelectual erudita e entusiasmada. Instigada pela diversidade de paixões humanas. Devotada a uma ética antiga, que valoriza a atenção máxima ao outro, ainda que seja um desconhecido. Arrebatada, desde a infância, pela necessidade de escrever. Falante pelos cotovelos (e não é que jamais nos cansávamos de ouvi-la?).

Há pessoas (perdoai-nos, Zeus!) que conseguem inventar para si próprias uma fascinante imortalidade.

A dor mais profunda é a sua

Cláudia Antonelli

A dor não se discute. Gosto, futebol, política, sim. A dor, não. A dor do seu vizinho não é maior que a do meu; nem a minha maior que a sua, ou a sua, que a minha. Ou que a de nossa amiga. A dor não se discute.

A dor de uma criança que perde seu primeiro bichinho de estimação; de um adolescente apaixonado que leva seu primeiro fora; de um corredor que tropeça nos últimos metros de uma maratona; de uma pessoa qualquer, diante de um diagnóstico terminal; de qualquer um de nós, diante da perda de alguém querido; ou a nossa mesma, em diferentes momentos de nossas vidas.

Cada um tem a dimensão de sua própria dor: que não comporta, assim vejo, parâmetros comparativos. Podem até medi-la com qualquer equipamento que exista – e deve existir. A dor não se mede. Talvez este seja até mesmo um melhor termo, ou mais apropriado, para o que quero dizer com "a dor não se discute". Pois falamos, sim, da dor – e bastante! Falamos e escutamos. Tentamos atravessá-la, mitigá-la, debulhá-la – entendê-la. Tentamos dar-lhe um lugar e fazer dela e com ela aquilo que podemos – o que, às vezes, é bem pouco. Mas o quanto ela é, o quanto ela deixa de ser, não se discute.

Entretanto, apesar de seu vasto caráter indiscutível, quero por um instante pensar num recorte dela: a dor de quem perde um filho. Ou ainda, mais um recorte: a dor de quem perde um filho, diante dos olhos do mundo, sem nada poder fazer. Um contorno específico.

A dor de quem perde um pai ou uma mãe, por mais doloroso que seja – e é –, lá no fundo algum componente tange a algo do natural no evento das coisas: da passagem do tempo, das gerações, do ciclo previsto da vida. A de um pai ou uma mãe que perde um filho, parece-me que não. Nesse caso, há justamente uma quebra na sequência natural das coisas. Acarreta uma falência grave, parece-me, na organização, interna e externa, da vida desses pais. Falência no valor da vida, dos referenciais, das crenças, falência no sentido próprio da existência e em sua continuidade.

Temos muitas situações assim: mortes de filhos por balas perdidas; mortes de filhos pelas drogas; mortes de filhos em acidentes da vida. Os exemplos, em nosso país e no mundo, não faltam.

É claro que um trabalho de luto muito peculiar, particular, lento e dolorido será posto à prova a esses pais. Qualquer coisa que se lhes diga ou faça será insuficiente e parcial.

Na natureza animal, encontramos situações em que os genitores têm de escolher os filhotes mais fortes para irem adiante – como no caso de certas espécies de pinguins. É a morte "prevista" dos mais fracos: a seleção natural darwiniana. Já no humano, a morte de um filho, de fato, não aparece prevista – não há esse registro.

O que vemos no homem, de forma geral – ou o que desejamos, em boas condições –, é o decorrer das gerações através do tempo. A construção do legado, da história e da herança – genética, psíquica e cultural – de forma mais ou menos coesa, dos mais velhos aos mais jovens. Ao menos, isto é o que tentamos, ou deveríamos construir, da melhor forma possível, individual e coletivamente, ao fazermos parte dessa trama maior, a vida em sociedade (falo a partir de minha ideologia).

Retorno meu olhar finalmente a mais um recorte – e último, pois é a este que quero chegar neste texto: àqueles jovens feitos prisioneiros, mais intensamente nos anos de 2013 a 2015, por fundamentalistas islâmicos. E, diante dos olhos do mundo, esses jovens reféns sendo mortos da forma mais bárbara que se poderia descrever – como a degolação, conforme vimos numa sequência apavorante.

Penso agora, especificamente, em Muath al-Kaseasbeh, jovem piloto jordaniano de 26 anos. Muath, que combatia o Estado Islâmico, teve o azar de ver seu avião cair em território inimigo, a Síria, na ocasião, de ser capturado em alto-mar – por onde tentou fugir –, transportado pelos radicais islâmicos e, em seguida, enjaulado, em pleno deserto. Nessa pequena jaula, Muath foi mantido refém por várias semanas enquanto os sequestradores forjavam uma negociação. Vimos muitas imagens pela imprensa. Desde os homens vestidos de cor de laranja parecendo se divertir, até a imagem final difundida à que assisti e que, somente depois de algum tempo, pude atravessar com pensamentos. Diante dos olhos e das câmeras do mundo, Muath foi morto naquela jaula.

Semanas antes, seus pais, engolindo o desespero, a agonia, a impotência e o medo diante da avassaladora verdade que lhes ameaçava – a de que pouco poderiam fazer por seu filho –, em rede internacional, ajoelhados, pediram aos carrascos desconhecidos: "Por favor, tratem nosso filho como a um hóspede. É assim que nós os trataríamos".

Era a única carta da qual dispunham. Foi assim que os pais de Muath se comunicaram com pessoas atravessadas pela violência, pelo radicalismo, pela barbárie, pelo *não pensamento*, pela *não negociação*, pela *não palavra*; pela vingança, pelo ódio e pelo fundamentalismo.

Foi assim que imploraram, em vão. Sabemos o final desta história. Muath, diante das câmeras e dos olhos de todos – o mundo viu, nós vimos –, foi queimado vivo.

Depois do ocorrido, durante meses, não pude pensar sobre isso. Eu acompanhara, antes, por algum tempo as negociações pela televisão: as suspeitas, as hipóteses, as conjeturas. Havia antes uma suposta possibilidade de "troca" da liberdade de Muath pela de uma mulher islâmica por quem alguns radicais aparentemente se interessavam. Estávamos ainda, por assim dizer, no campo do representável.

Até o dia em que, no início de janeiro (2015), soubemos pelos noticiários que a morte de Muath havia ocorrido, na realidade, havia já mais de um mês. Ou seja: vínhamos sendo enganados de que estávamos no campo do negociável. Estávamos sendo zombados. Estávamos iludidos, reféns também da barbárie. E foi, então, que a imagem veiculada pela internet (a imagem do fogo sendo aceso nos arredores da jaula) paralisou meu pensamento a respeito dessa história. Algum impacto me ocorreu, da ordem da não palavra. Talvez da mesma forma que Muath havia sido morto: sem a possibilidade de falar e de ser escutado.

Somente passadas muitos meses, pude, enfim, acolher novamente esses fatos em minha mente, para a escrita deste texto – deste breve texto, de cunho limiar entre o particular e o partilhado. Ou entre a dor pessoal e a social, lá onde essas fronteiras se encontram e tocam-se. E, revendo-os agora, eu não mais obnubilada, ocorre-me: ele – piloto voluntário ao combate contra o radicalismo islâmico – foi quem se viu enjaulado. Como se *ele* fosse o representante do mal, aprisionado, feito um animal selvagem. Enquanto a selvageria, na realidade, vinha de fora. Parecia-me haver ali uma fronteira, um limite – a jaula –, onde as coisas se inverteram impiedosamente: o horror vinha de fora da jaula.

Somente pensando nessa inversão, proporciono-me um lampejo de compreensão. Para os radicais que aprisionaram e queimaram Muath, ele, de fato, era quem lhes representava o outro, o diferente. Para os homens de laranja, Muath era o grande estrangeiro, a quem o ódio atroz foi direcionado brutalmente.

O ódio posto em ação, fruto do funcionamento mental mais precário – pois radical –, separando de forma extrema o bem do mal, cindindo-o, expurgando-o na projeção sobre o outro.

Trata-se de uma razão delirante, encontrada na base do fundamentalismo: somente o que é meu é bom, e o que é o outro – povo, religião ou deus – deve ser extirpado. E, de preferência, de forma odiosa, já que é ele, o ódio, quem anda de mãos dadas com a intolerância.

Uma lógica, portanto, onde não há espaço mental para mais nada nem ninguém. Se somente cabe um, tenho necessariamente de eliminar o outro.

Já vimos esse filme antes. Dado o devido espaço, esse modo de funcionar se encontra na raiz do genocídio, um vasto e assombroso domínio humano de potencial insondável.

Por fim, Muath foi posto em chamas diante de nossos olhos, assim como também as *bruxas,* mulheres de pensamento próprio da Idade Média: modelo de heresia para o que a Igreja determinava. Incinerados pela cólera da incompreensão e, no caso de Muath, também pela impotência do mundo dito civilizado.

Como outras, tenho a impressão de que essa foi uma página bastante obscura de nossa história. A vida de Muath acabou, mas não deverá ser esquecida – a brutalidade contra o ser humano nunca deve ser esquecida.

Enquanto meu desejo mais profundo – e também delirante – neste capítulo permanece o de que alguém, algum dia, possa, aos pais de Muath e aos outros tantos pais que perderam seus filhos diante dos seus e dos nossos olhos, pedir desculpas.

A Terra Prometida
Carolina Scoz

O mar esmeralda ondulado pela brisa cerca todos nós que aportamos na ilha. Nós, os turistas, e nossas câmeras fotográficas já exaustas e engorduradas. Sob o sol ardente, os trabalhadores içam as embarcações, oferecem lagostas assadas em latas com carvão e equilibram bandejas cobertas de refrescos numa eficiência automatizada. Já nem olham para as maravilhas naturais que fotografamos de todos os ângulos, para enviar aos amigos que, longinquamente, vivem seus dias sob o efêmero inverno do Hemisfério Sul. O que para nós é deslumbramento será o que para esses trabalhadores? Talvez uma monótona e interminável luta pela sobrevivência. "E as mãos tecem apenas o rude trabalho. E o coração está seco", volta Drummond à memória trazendo um sussurro de Minas Gerais para esse arquipélago de países colonizados por europeus.

Aqui, o verão é eterno – dias incontáveis de luz e calor. O que muda é o vento: ao chegar setembro, o generoso sopro de ar fresco cede lugar a tempestades e furacões. Aqui, mulheres surgem com frascos de óleo de coco. Dizem que acalma o espírito e rejuvenesce o corpo. E, se bebermos o óleo, juram que faz emagrecer (deixei-me iludir por alguns instantes, até que o raciocínio científico, esse teimoso desmancha-prazeres, triunfou sobre a irracionalidade e, por fim, levou-me a recusar o suposto elixir).

Vejo que caminham pela areia oferecendo uma bebida avermelhada. "*Mamajuana*", uma diz. Acho graça do nome, "Mãe Joana", e suponho que faça o bem próprio das boas mães. Depois, aprendo que é uma típica mistura de rum, vinho tinto, mel, lascas de árvores e especiarias. O que já não importa, pois eu nada disso sabia quando aceitei beber. "Aqui não é casa da mãe Joana!", quem passou pela adolescência sem essa repreensão? Ouvi muitas vezes, provavelmente quando me esqueci de lavar a louça do almoço ou demorei no banho quente, ou desci a ladeira de bicicleta, ou voltei da rua tarde demais (numa era remota em que não existiam telefones celulares). Desconfio que a tal "mãe Joana" gostasse de brincadeira. Imagino que perdoasse seus filhos, sem esforço, pelas falhas. E aprovo a tal bebida no primeiro instante, só pelo nome feito de doçura e compreensão.

Um menino de imenso sorriso aparece para avisar que estará no bar, é só pedir e ele traz.

– Como você se chama? – pergunto.
– Alexander.
– Mora aqui?
– Com a graça de Deus, senhora, logo vou embora.
– Para onde?
– Isso eu não sei dizer...

Ele quer partir. Para algum lugar além do mar cor de esmeralda. Para algum ponto cardeal do planeta onde possa dizer outra coisa que não seja: "Deseja algo? Estou à disposição, senhora. Basta chamar". Todos os dias, as mesmas frases, repetidas infinitas vezes sob o mesmo sol de seus antepassados que existiram para cortar cana-de-açúcar e construir hotéis glamurosos à beira-mar. Ele quer, finalmente, ser aquele que tem desejos próprios.

A vontade do garoto me fez lembrar do caso que narra José Saramago em *O conto da ilha desconhecida*. Como tantas histórias de Saramago, um profundo sentido repousa sob o enredo simples. Um homem insiste em falar com o rei: deseja um barco para chegar até uma ilha desconhecida. Ele não tem barco, nem mapa, nem tripulação. De tanto aguardar diante da porta das petições, onde o povo se amontoava esperando resposta para suas necessidades, impressionou a mulher da limpeza que todos os dias passava por ele. Nunca saberemos exatamente o que esse homem fez remexer no coração dessa pobre mulher (nunca se entende, afinal, porque amamos ou desamamos alguém). Sabemos apenas que ela decidiu ir embora do palácio – ir com ele, um homem solitário que esperava do rei um barco para chegar a uma ilha jamais vista. Um homem que só tinha olhos para o horizonte imaginado, o que talvez encante uma mulher que vive procurando fiapos e poeiras no chão, curvada sob o peso de baldes.

E foram os dois juntos, mar adentro. Para onde? Isso o conto não diz, talvez porque os futuros são pura abstração, seja na literatura ficcional, seja na realidade histórica. Ou, quem sabe, porque habitarem um barco era a coisa extraordinária que aquelas duas pessoas haviam de fazer lado a lado.

> Então o homem trancou a roda do leme e desceu ao campo com a foice na mão, e foi quando tinha cortado as primeiras espigas que viu uma sombra ao lado da sua sombra. Acordou abraçado à mulher da limpeza, e ela a ele, confundidos os corpos, confundidos os beliches, que não se sabe se este é o de bombordo ou o de estibordo. Depois, mal o sol acabou de nascer, o homem e a mulher foram pintar a proa do barco, de um lado e do outro, em letras brancas, o nome que ainda faltava dar à caravela. Pela hora do meio-dia, com a maré, A Ilha Desconhecida fez-se enfim ao mar, à procura de si mesma.

Será também assim na vida? Foi preciso que todos os hebreus escravizados atravessassem juntos o Mar Vermelho para que este se abrisse – e que, depois, resistissem por décadas a um impiedoso deserto para, então, chegarem à Terra Prometida. Quarenta anos, está na Bíblia. Por quê? Ao enfrentarem a rota circular ao redor do deserto do Sinai, percorreram a maior distância possível a Canaã: desceram até o extremo sul e, pelo lado oriental da península, retornaram ao norte. Muitos anos pisando sobre um chão árido e hostil antes de encontrarem as margens do rio Jordão. Dizem os historiadores que, se Moisés tivesse escolhido o trajeto mais curto, pela costa oeste de Israel, ao longo do mar Mediterrâneo, o povo encontraria os inimigos filisteus e acabaria por retornar ao martírio que deixara no Egito. Um breve sonho de exílio, aniquilado em seus primeiros tempos.

Não foi por acaso que essa história sobreviveu. Ninguém chega sozinho – e facilmente – a uma "terra onde mana leite e mel". Ninguém, nem Moisés, nem Ulisses, nem Édipo, nem Alexander, o menino-atendente que deseja sair da pequena ilha porque intui que exista outra vida possível além daquela escravidão legitimada – essa que resiste em tantos lugares do mundo, apesar de todas as abolições, de todos os estatutos poéticos em favor da liberdade (já imaginou que, nesse instante, pulsam milhões de sonhos à espera de uma boa companhia – sonhos que apenas dependem de alguém que diga: "Sim, vou com você"? Só Deus sabe quantos morrem calados... enquanto outros se vão pelas águas, rumo a alguma Terra Prometida, que, desde o tempo dos ancestrais de nossos ancestrais, sempre existiu e existirá na imaginação de quem se aventura).

A loucura nossa de cada dia

CLÁUDIA ANTONELLI

O jovem paciente entrou e sentou-se. Na estampa de sua camiseta preta, uma espécie de *Gotham City* noturna, a conhecida cidade do Batman. Contudo, em vez do tradicional símbolo do morcego projetado ao céu como pedido de auxílio por parte da polícia ao super-herói, ali, em sua camiseta, eu via uma estilização disso: contornos diferentes do morcego, que, pensando bem, mais parecia uma daquelas imagens do teste psicológico de Rorschach. Ilustrando, quem sabe, de maneira particular e pessoal, seu próprio pedido de ajuda – do jovem paciente – para que eu, no lugar do Batman, auxiliasse-o a cuidar de *sua* Gotham noturna: seu mundo interno, mais profundo e, também, obscuro.

Outro dia, eu dirigia por uma avenida larga e longa da cidade e, ao vislumbrar o semáforo adiante que acabara de passar ao amarelo, desacelerei e, em seguida, ouvi a mais estridente buzinada. Alguém havia se irritado comigo. O sonido intenso ainda ressoava em meus ouvidos, enquanto eu pensava que o fato não necessitava – em minha impressão – de tamanha e desnecessária poluição jorrada sobre o mundo. Mais que sonora, emotiva: parecia carregar raiva e, talvez, uma série de outras frustrações residuais que, possivelmente, juntaram-se e acharam saída na oportunidade encontrada. Como vemos tanto.

Enquanto isso, em meu computador, minha conta de e-mail me anuncia: "Seu Gmail não pode mais enviar ou receber e-mails. Chegou ao seu limite". Ainda que um pouco contrariada, gostei: meu provedor atingiu seu limite e o anunciou em alto e bom tom.

Já o humano é ardiloso. Sua vida mental, que o movimenta ou paralisa, conduz, possibilita ou limita – raramente é contemplada no dia a dia. A dor ou a angústia, que sinalizam essas fronteiras, aparecerão disfarçadas, projetadas, convertidas: todo tipo de deflexão ocorrerá.

Surgem e acumulam-se os sintomas, as ansiedades, as depressões; as mágoas, insônias, dores no corpo, na cabeça e nos pensamentos. Ou bebe-se, corta-se, come-se demais ou de menos, aliena-se; ou buzina-se sobre o mundo, na melhor das hipóteses. Enquanto a *Gotham* de cada um permanece ali, silenciada, adormecida e encarcerada.

Assistindo, por acaso, na esteira da academia, a um daqueles filmes de heróis da Marvel, a personagem dizia: "Porque não há guerra, não quer dizer que haja paz". Apreciei a sensibilidade do script, enquanto me equilibrava basculante na tentativa de coordenar a respiração e os passos rápidos ao mesmo tempo. "Não tenho um grande problema", havia dito a pessoa que me procurou para uma análise, outro dia.

Nem sempre se enxerga a batalha. Além das terríveis que temos no mundo, há sempre – eu diria –, de fato, uma interna. "A loucura privada", escreveu Green, um autor da psicanálise.

A vida pode ser simples. Mas, geralmente, ela não é. A "vida anímica", dizia Freud – essa dimensão sobretudo inconsciente, que requer muitas visitas, muitos cuidados, sonhos e adágios.

Por fim, após ter me olhado em silêncio por aqueles instantes, ele me perguntou:

– O que você vê em minha camiseta?

Tagliare i panni addosso

Carolina Scoz

Um leitor envia uma sugestão desconcertante. Foi a única mensagem que não retornei naquele mesmo dia. Sempre respondo imediatamente. Entre saudações, críticas e perguntas, toda essa fascinante diversidade de reações, encontro isto: uma ideia que, se acolhida, instalaria em mim uma paralisia criativa, quem sabe irreversível. Não sei como escrever um texto "fundamentado em valores universais, não em vivências individuais". É o que me pede, enfatizando que abordo os temas "sob uma ótica evidentemente psicanalítica e feminina". Mas como falar em nome da espécie inteira e deixar de ser eu, apenas um ínfimo ser humano entre mais de 8 bilhões de habitantes da Terra? E logo no ofício de cronista, essa necessidade de pensar em voz alta sobre miudezas do cotidiano que exerceram um súbito impacto em minhas impressões. Banalidades, talvez, para outros. Monótonos acontecimentos esquecidos no minuto seguinte. Se precisei escrever é porque fiquei comovida, perplexa ou mesmo fascinada demais para aguentar o solavanco.

As ciências exatas tentam a proeza de captar as leis próprias de um fenômeno e descrevê-las de maneira inequívoca. A teoria da seleção natural, por exemplo, não é uma descoberta de Darwin sobre as Ilhas Galápagos, não ficou antiquada depois de sua morte nem foi esquecida quando outras proposições surgiram. A teoria ultrapassa o lugar e a época de seu autor quando há nela uma extraordinária compreensão da natureza. No entanto, basta acompanhar um pouco a vida do cientista para perceber que, embora os resultados não sejam determinados por ideologias ou vontades – o que significaria fraudar a pesquisa e, logo, trapacear a população –, pelo menos a escolha do tema nasce de algum lugar personalíssimo.

Décadas ou séculos depois, é que alguém cogitará, surpreso: "Ah, então foi por isso que fulano explorou tal assunto?". Eu também me pergunto coisas desse tipo. Foi a recusa de Darwin à formação religiosa, imposta pela família, que o lançou à aventura de cruzar oceanos e aportar em terras exóticas em busca de um conhecimento da vida animal que pusesse de lado a suposta ação de um criador onipotente? Foi a morte tão precoce de sua filha, Anne, que o encheu de indignação com a falta de um deus que, nessa hora desesperada que anuncia o pior, interferisse soberanamente, mudando a terrível fatalidade? Há, então, um espírito insubmisso e ressentido animando sua obra científica?

Biógrafos afirmam que sim. De qualquer modo, é certo que neutralidade e objetividade não são para nós, humanos, feitos que somos de experiências subjetivantes, que desde a vida intrauterina vão nos tornando menos iguais às pessoas que nos cercam, inclusive àquelas que nos trouxeram ao mundo. Como, então, poderíamos domar exatamente a matéria-prima sentimental que é nosso estofo, aquietar suas turbulências, impedir suas emanações? É verdade que perdemos um bom tanto de privacidade quando criamos algo, mas não há modo de apagar nossas digitais naquilo que saiu de nossas próprias mãos.

Desde que a li pela primeira vez, num livro de Elena Ferrante (a misteriosa novelista italiana que, para garantir sua total liberdade imaginativa, para rabiscar cada linha com tranquilo despudor, nunca revelou sua identidade), acho curioso que a expressão "*tagliare i panni addosso*" signifique, ao mesmo tempo, maldizer, criticar, fofocar; e, num sentido literal, "cortar os panos sobre", como fazem alfaiates e costureiras ao deslizarem agulhas rente à superfície do corpo. Iniciam a diligente tarefa com o uso de gabaritos padronizados, sobre uma longa mesa, até que chega o instante de vestir a roupa inacabada no cliente. Alfinetes mudarão de lugar, enfileirando-se numa dança lenta, que faz sobrarem centímetros de tecido à espera de que venha o resoluto fio da tesoura. Confeccionado sob encomenda, o vestido ou o paletó em nenhum outro indivíduo servirá com tamanho primor.

Há uma espirituosa sabedoria nesse adágio coloquial. Somente as peças ajustadas conseguem mostrar a exata geografia corpórea, todas as linhas, os volumes, as saliências e as reentrâncias. Portanto, há uma dupla verdade a ser exposta a olhares alheios: os contornos exatos daquela pessoa singular, que agora conseguimos imaginar quase totalmente nua, e a inexatidão dos moldes feitos em papel. Nada disso pode ser disfarçado à medida que o pano se transforma em roupa vestida com justeza. Livre dos excessos de tecido, o corpo, agora, sairá pelas ruas envolto nessa espécie de segunda pele honesta e corajosa. Será querido por uns, rejeitado por outros – às vezes, invejado; outras, debochado. E, assim, feito dessa "incalculável imperfeição", como escreveu nosso Vinicius de Moraes, nem sempre gozará da sorte de receber amor.

Ser quem se é? Está aí um risco que não dá sossego a ninguém. Não me parece, contudo, haver outro jeito.

A história afetiva dos ingleses
Cláudia Antonelli

Soube, algum tempo atrás, que James Bond teria seu último filme realizado pelo mesmo ator protagonista das últimas versões, que havia declarado em entrevista que "preferiria cortar os pulsos a voltar à filmagem da saga". Parece não ter resistido aos 25 milhões de dólares anunciados pela mídia especulativa da ocasião. Bond reinará. Enquanto isso, a Inglaterra se debatia à procura de um lugar mais apropriado em sua relação "com o continente", como dizem. A Europa. Este foi o *Brexit*: *To be or not to be... together.*

Os jornais pareciam falar de uma antiga relação que sofrera a decisão do rompimento; arrependera-se e tentava reatar com algumas condições. Antigos modelos, velhos padrões – e um mundo em movimento.

Curiosamente, no filme 007 anterior – *Spectre* –, havia algo também muito próximo a essa história de relacionamentos: de Bond com a agência onde trabalhava e que pensava em demiti-lo devido à sua idade, mas, mais que tudo, de Bond consigo mesmo, com suas escolhas de vida. Ele ainda era um homem solteiro, e solitário. *Bond, James Bond* – tão inglês quanto seu próprio Reino Unido.

007 contra Spectre se inicia em meio à conhecida Festa dos Mortos, no México. Um desfile vivo, sensual, misterioso e também convidativo de fantasias em alusão aos mortos e à morte, numa atraente encenação desse perigoso jogo de desejo e medo – e perseguição – entre o mundo dos vivos e o dos mortos. Como o próprio jogo de Bond, que parece ser o de driblar a única certeza que tem (e que todos temos): sua própria morte.

Nesse episódio, a ideia central do inimigo era desfazer a corporação que o sustentava – considerada, agora, obsoleta. Ou seja: seria o fim – a *morte* – do projeto 007 de uma vez por todas. "O programa é pré-histórico", diz o novo – e irritantemente jovem – CEO.

O agente secreto espreita seu fim. A Festa dos Mortos o anunciou. Mas a morte de quê? O que, nessa saga de um agente secreto, fruto dos tempos de Guerra Fria, está morto e o que está vivo? O que estaria ultrapassado? Falo de Bond e da terra de onde vem – seu *United Kingdom*. O que não se consegue manter e o que não se consegue mudar? Foram algumas das perguntas que me vinham à mente enquanto revia – já disse que adorei? – o penúltimo *Bond*.

Afinal, ele é o símbolo da própria "coisa inglesa": a elegância, a potência, os sentimentos em segundo plano. Sua missão não lhe deixa tempo para sentir: ele precisa agir, ainda que sob o meticuloso crivo da decisão – o tanto quanto possível – pensada.

E é, ele próprio, obcecado pelo que é: "Se eu não fosse isto, talvez seria um padre". James Bond fala-nos da intensidade do seu tudo ou nada; do homem potente ou do casto, do popular oito ou oitenta. De fato, não convém matar – ou ser morto – pela metade. Assim, é agente secreto, sedutor e solteiro, por inteiro. Escolhendo (não foi bem uma escolha, como ele explica neste episódio) ser quem ele é até o último fio de cabelo – que, aliás, mal sai do lugar, mesmo em suas quedas mais espalhafatosas.

Contudo, na atual tendência dos filmes de heróis em "humanizar" seus personagens, Bond é também alguém que, às vezes, bebe demais, ele confessa. Na tentativa de, quem sabe, aplacar um pouco seus próprios impulsos: seja de vida, seja de morte. Afinal, o inimigo nem sempre mora do lado de fora.

Com essas e outras, desta vez, Bond é revelado. Pois ele encontra alguém. "Você tem um segredo, mas não o dirá a ninguém – porque não confia em ninguém." Ela o compreendeu: se do pequeno James arrancaram-lhe os pais de forma tão inesperada quanto abrupta, quando novamente poderia confiar? Quando novamente poderia depender? Seu ar de autossuficiência e de ser só, afinal, não vieram do nada. Ele não precisa de outros; ele age sozinho. Algo de Brexit em tudo isso.

"Não quero esta vida para mim", explica a moça. E completa: "Mas também não vou te pedir para abandonar a sua". Ela sabia o que dizia.

Entretanto, é possível que, após o exercício de ter sido só por tanto tempo (lembrando que estar acompanhado não significa estar *com* alguém – Bond está sempre acompanhado, conforme sabemos), algo no encontro com ela e que lhe confere alguma interlocução consigo mesmo o tenha tocado de forma diferente desta vez. Após ter vivido por anos a fio certa prepotência e *blindagem*, Bond começa, finalmente, a pensar sua finitude, sua vulnerabilidade e sua relação com a vida, de maneira mais profunda. Do lugar da solidão para um lugar um pouco mais compartilhado.

Aludindo uma vez mais ao Reino Unido, parece-me que a nação insular não conseguiu ainda atravessar a *sua* solidão: seu sonho--ilusão de ser só.

"Mate-me", diz-lhe, por fim, seu inimigo. Bond não o faz. "Tenho coisas melhores a fazer", ele conclui. Ela não lhe pediu para mudar, mas algo nele mesmo engendrou mudança.

Minha compreensão política não alcança a complexa trama de razões que levaram o Reino Unido a retirar-se do Mercado Comum Europeu. Contudo, até onde enxergo, a metade que se retraiu e puxou consigo a outra é justamente a do medo da dependência e da negociação trabalhosa da presença do outro – neste caso, das outras nações europeias. Certamente, nenhuma parceria é fácil – todos o sabemos, *Bonds* ou não. E é talvez disso que ele – o Bond em minha mente – tenha se dado conta, neste interessante capítulo de sua vida.

O episódio seguinte e, provavelmente, o último da saga Bond já ocorreu. Nele, Bond morreu. Sinto pelo *spoiler*. Mas completo: morreu um homem tendo amado. E isso não é pouco.

Esses decrépitos muito sensíveis
Carolina Scoz

Sim, Sr. João, recebi suas mensagens. Você primeiro escreveu para dizer que é um leitor antigo do jornal. E fiel. Todos os dias caminha até o jardim, recolhe do gramado o rolo de páginas e lê-as, uma a uma, enquanto passa o café. Por chegar antes que o cachorro encontre o periódico, salva as palavras de serem mastigadas furiosamente – ou, ao menos, espalhadas pela relva úmida de orvalho. Então, contou-me que seu aniversário se aproximava e, sem rodeios, ainda no parágrafo inicial, anunciou que gostaria de descobrir meu endereço para receber um abraço. Pedido inusitado esse: abraçar uma mulher invisível, sem textura, sem perfume, sem movimento, que ressurge algumas terças-feiras nessa fresta de intimidade que é a crônica.

Confesso que gosto de ter minhas ideias aqui, quinzenalmente, impressas no papel. Podem apreciar. Podem criticar. Podem desprezar, desviar os olhos para a notícia ao lado, deixar-me falando sozinha. Podem usar esses papéis grandes e resistentes para forrar galinheiros, embalar compras ou limpar vidros. Arnaldo Jabor insistia em dizer que as mesmas folhas impressas com nossas palavras num dia não demoram a tornarem-se o embrulho do peixe na feira de rua. Sob uma ótica um pouco menos desesperançada, podemos reconhecer que um texto publicado ganha liberdade plena – segue para além dessa cidade murada e vigiada que é a mente do escritor. Vai para longe, morrer junto aos filés da peixaria, mas também pode ir viver em gavetas, dentro de livros, no fundo de memórias.

O leitor torna-se possuidor absoluto das palavras que o escritor deixa escapar. Contudo, pedir um abraço carnal, um morno e silente enlaçar de braços alheios tangenciando a superfície de nosso corpo, já acostumado a seguir desprotegido por este mundo? "Sou um homem de 96 anos; vivi o suficiente para conhecer de longe as pessoas". Vivi bem menos, Sr. João, e sabe que muitas vezes também desejei que um autor saísse das páginas e transformasse-se num amigo?

Se eu pudesse, abraçaria hoje mesmo Manuel Bandeira. Foi o primeiro grande poeta que não tentou me impressionar. Disse coisas profundas, com palavras simples. Quando eu, mocinha colegial, senti-me acusada de ignorância pelas trezentas e tantas páginas do Ezra Pound, emprestado por um tio muito erudito ("Leia! E depois venha falar comigo, Carolina!"), chegou a generosidade de Bandeira para me salvar. Depois, conheci Manoel de Barros e Ferreira Gullar e Rubem Braga, antídotos contra a prepotência, a arrogância e a cegueira diante da beleza pulsante nas coisas mais cotidianas: nuvens, poças d'água, meninos, formigas, entardeceres. Sabe quem eu também abraçaria? Carlos Drummond de Andrade, pequeno homem, doce e sagaz, um fiapo de gente que trabalhou monotonamente numa repartição pública do Rio de Janeiro, milhares de dias, até se aposentar, enquanto a cabeça e o coração fervilhavam. E Vinicius de Moraes; enlevada por sua respiração alcoólica, eu o abraçaria grata pelos poemas e sambas que nos ajudam até hoje a viver o êxtase dos começos e a suportar o golpe dos finais. Nem me lembraria mais da obstinação político-partidária de Chico Buarque: iluminada por aqueles olhos profundamente azuis, abraçaria esse poeta que redimiu malandros e prostitutas, esposas submissas e igualmente as loucas de ciúme; esse que consolou todos os tipos de aflitos e angustiados, criando metáforas geniais para descrever sofrimentos que são comuns a todos nós. Um dia, quis abraçar Rubem Alves, mas, boba, não saí do lugar quando nos encontramos na casa de John, amigo de ambos. Fiquei paralisada diante daquele homem que parecia saber tudo de mim, dos outros, da civilização inteira. Uma espécie de ser onisciente pós-moderno. Em outras vezes futuras, conversamos e, somente então, percebi o desperdício da idealização que cultivei: nunca o abracei, e ele se foi, levando consigo a ausência de todos os abraços que não recebeu, eternamente confinados na imaginação de quem, como eu, deu um passo atrás – tímida e covardemente.

Por isso, eu não perderia a chance de abraçar, se desse de cara com elas, algumas mulheres capazes de defender que é mais importante um pensamento despudoradamente honesto do que uma frase enfeitada. Que o impacto estético – jorro de emoção – serve a um impulso ético. Adélia Prado, Clarice Lispector, Hilda Hilst, Nélida Piñon, Lygia Fagundes Telles – todas elas eu abraçaria, desejando trazer comigo um pouco da coragem encarnada que tiveram em meio à colossal polifonia de vozes literárias que, se pensarmos bem, nunca deixou de ser dominada por homens.

Enfim, ao entender seu pedido, Sr. João, pensei: que sorte era a minha de merecer um abraço seu – e fui à sua festa de aniversário, numa pizzaria do centro. Guardo aqui comigo a fotografia da minha puritana água com limão brindando sua taça de vinho – prova material do poder que as palavras têm de aproximar desconhecidos que permaneceriam incógnitos se não fosse pela compreensão mútua criada pelo texto. Cada vez mais penso na crônica como a mensagem do náufrago esperançoso que joga uma garrafa no mar. Não sabe quem a encontrará, nem quando, mas aposta nesse único recurso de encontro humano. "Quem faz um poema salva um afogado", escreveu Mário Quintana (outro que eu abraçaria). É pura verdade que o leitor se sente acompanhado em sua angústia, mas isso também vale para o escritor. Ao rabiscar parágrafos sobre um papel e lançá-los na imensidão do oceano, ele imagina que a praia distante acolherá uma conversa viva. Todo escritor deseja companhia, admitiu Nelson Rodrigues em algum lugar que já não me lembro mais. Finge bastar-se a si mesmo ao habitar o castelo de rascunhos que cerca sua poltrona. Mas é, no fundo, um crônico faminto de amor.

Hoje, recebi mais uma mensagem sua. Você cita um verso antigo que o comove e pergunta-me: "Será que me tornei um velho decrépito muito sensível?". Ninguém vive insensível – gostemos disso ou não. Às vezes, pagamos uma conta bem alta por nossa vulnerabilidade aos acontecimentos; no entanto, as alternativas são ainda piores. Conseguimos proteção contra os golpes apenas levantando drásticas barreiras de isolamento. Por isso há tantos idosos alheios, confusos, demenciados; e tantos outros metódicos, ranzinzas, autoritários – para eles, a realidade tornou-se um fardo insuportável.

Exatamente como você, Sr. João, hoje o poeta Charles Bukowski teria quase 100 anos.

> Há um pássaro azul em meu peito que deseja sair / mas sou muito duro com ele, / Eu digo, fique aí, não vou deixar ninguém te ver. / Há um pássaro azul em meu peito que deseja sair, / mas eu meto uísque nele e dou um trago no meu cigarro / e as putas e os garçons e os balconistas dos mercados nunca percebem que ele está aqui dentro de mim.

Assim começa seu *Bluebird*. Solitário e alcoólatra, trancado no quartinho de onde saíram aqueles extraordinários versos devassos, morreu de leucemia aos 73 anos – esse "decrépito muito sensível" que não aguentava mais.

Morreu preso, dentro dele, o pássaro delicado que não foi ouvido.

E que ninguém aninhou a tempo.

Selfies e estrelas
Cláudia Antonelli

Ao fundo, não era o prato de camarão ou o churrasco fumegando na brasa, nem a praia de areias brancas – lotada –, tampouco aquela foto momentos depois que o cabeleireiro termina a escova. Deparei-me, outro dia, com a mais inesperada *selfie* que já havia visto até então: alguém fez um autorretrato diante de, nada menos, que a Via Láctea – segunda figurante principal da foto, ao fundo, no céu.

Era um astro fotógrafo que, diante da grandeza de nossa galáxia magistralmente por ele capturada – com sua certamente potente câmera –, perde sua importância (o cara), ao virar a mera silhueta diante de um infinito estonteante, pontilhado por trilhões de pontos luminosos.

Além do impacto, a imagem fez-me pensar sobre o próprio conceito de *selfie*. Esse fenômeno que descobri não é de agora. Pintores também, há muito tempo, gostam de produzir seus autorretratos – neste caso, não com um *clic* da câmera, mas ao toque do pincel.

Lembrei-me de alguns – de imediato, o de Van Gogh: seu belíssimo autorretrato pintado em 1889, época em que também retratava seu quarto, em Arles. Ele fez diversos autorretratos – 35 ao longo de três anos; incluindo um de quando já se encontrava com a orelha cortada, tempo de muito sofrimento para o grande artista. Ainda assim, seguia se autorretratando... E é interessante pensar que um de seus últimos quadros foi também um retrato de si mesmo.

Segui vasculhando outros conhecidos autorretratos das artes plásticas. Em 1512, Leonardo da Vinci fez sua *selfie* em desenho a carvão; Picasso também fez a dele; Frida Kahlo, filha e neta de fotógrafos, a sua, também inúmeras vezes: teria pintado em torno de 55 autorretratos, muitos deles após o terrível acidente que sofreu. Assim como Van Gogh, buscavam talvez em sua própria imagem laboriosamente pintada por seus pincéis uma espécie de reintegração de si mesmos?, perguntei-me, enquanto seguia a busca.

Em fotografia propriamente dita, descobri que se acredita ter sido o inventor do autorretrato Robert Cornelius, o pioneiro americano da fotografia – e fabricante de lâmpadas –, com um opaco registro fotográfico de 1839, disponível na internet.

Em nossa época, no entanto, a palavra *selfie*, ao que tudo indica, passou a ser usada com esse sentido de autorretrato no ano de 2002, num fórum australiano on-line. Ali, numa postagem digital, alguém teria comentado a respeito de sua própria foto, ao figurar-se um pouco bêbado, caído e com o lábio inferior machucado: "Desculpem o foco, isto foi uma *selfie*".

A febre, então, começou. Numa estimativa generalizada, diz-se que, hoje, mulheres fazem doze *selfies* a mais por dia que os homens (dado curioso).

Por outro lado, li também em minha breve pesquisa que, de acordo com um estudo realizado na Universidade de Parma, na Itália, *selfies* revelam uma leve tendência em mostrar a face esquerda de quem está sendo fotografado – e o que é interessante: semelhante aos retratos de pintores profissionais de muitos períodos da história.

Inicialmente, tivemos o *pau de selfie*, já um pouco obsoleto hoje em dia – os celulares digitais acabariam por criar dispositivos para que seu próprio usuário pudesse se fotografar mais facilmente. E, assim como os pintores tocavam e retocavam suas imagens, as tais *selfies*, além da atenção na hora do registro, na busca pelos melhores ângulo e olhar, contam também, depois, com os recortes, filtros e outros ajustes.

A busca pela *selfie* perfeita, porém, tem causado até mortes pelo mundo.

Há um dado assustador de uma pesquisa norte-americana que compilou fatos de 2011 a 2017, revelando que 259 pessoas morreram enquanto tentavam tirar *selfies* em situações arriscadas: por afogamento, acidente de transporte ou queda.

O fenômeno põe-nos a pensar. No fim das contas, o que queremos quando tiramos, nós mesmos, uma foto própria e a divulgamos? Que olhar buscamos, que impressão desejamos registrar no olhar do outro, além do registro em nosso próprio? Para cada um, há de haver um sentido, apesar de esse ato hoje ter se tornado tão corriqueiro.

Um gesto, afinal, significativo: a tentativa de sermos vistos e, dando tudo certo, também admirados. Ainda que machucados, transtornados ou rindo demais – mais do que de fato somos felizes (também já vi bastante).

Ensina-nos a psicanálise que, muitas vezes, aquele primeiro olhar – geralmente o da mãe – que, supostamente, olhou-nos com carinho, orgulho, admiração e esperança é o olhar que vamos buscar, conscientemente ou não, vida afora. O olhar do amor.

A não ser que sejam autorreconstruções – como possivelmente Kahlo ou Van Gogh faziam –, o problema pode se dar, penso, quando se busca, todas as contas feitas, não o olhar, mas somente a própria imagem, num fim em si mesmo, ao modo do que se passou com Narciso. Ao buscar sua *selfie* – sua própria imagem – no reflexo do lago, ele encontrou a morte, afogando-se, por não conseguir enxergar nada além de si mesmo.

Nossa primeira salvação
Carolina Scoz

"Não consigo acreditar que estou escrevendo sobre o meu pai no passado." Assim Chimamanda Ngozi Adichie termina *Notas sobre o luto* (2021), relato autobiográfico dessa recente morte. É apenas uma suspeita da família que James Nwoye Adichie seja mais uma vítima da covid entre milhões – o abalo emocional causado pela fatalidade tornaria insuportável o desgaste necessário para seus filhos acessarem os registros hospitalares na Nigéria, um dos países mais afligidos pela letalidade do vírus. Quem sabe o livro seja a maneira de recolher lembranças, conceder-lhes vida duradoura no papel, dividi-las com os incontáveis leitores e, assim, sepultar o pai que desapareceu entre uma ligação telefônica risonha no domingo ("*Ka chi fo*, disse. Boa noite. Suas últimas palavras para mim") e a notícia de sua morte recebida, na manhã seguinte, quando Chimamanda ouviu a voz perplexa do irmão; ele, na Nigéria; ela, nos Estados Unidos. Um livro que cumpre a função de longo funeral, no qual a escrita da rememoração luta contra a evanescência da história vivida. Uma recusa à finitude das pessoas e coisas que amamos – pretensão essencial, aliás, de quase todas as obras artísticas. "O luto é uma forma cruel de aprendizado. Você aprende como ele pode ser pouco suave, raivoso. Aprende como podem soar rasos os pêsames. Aprende quanto do luto tem a ver com palavras, com a derrota das palavras e com a busca das palavras", confessa a autora. As experiências de sofrimento traduzidas por sua narrativa ocupam muitas páginas, é verdade, mas também há um esforço para recompor o que precisa ser guardado como um legado. O que precisa sobreviver enquanto a inelutável perda é assimilada.

Eu muitas vezes o chamei por seu título *Odelu-Ora Abba*, cuja tradução literal seria "Aquele que escreve para nossa comunidade". E ele também me chamava por títulos, e o fato de fazer isso era uma litania de afirmação carregada de amor. *Ome Ife Ukwu* era o mais comum: "Aquela que faz coisas incríveis." Os outros acho difíceis de traduzir: *Nwoke Neli* é mais ou menos "O equivalente de muitos homens", e *Ogbata Ogu Ebie* é "Aquela cuja chegada encerra a batalha". Será por isso que nunca temi a reprovação dos homens? Acho que sim.

Chimamanda, para mim, é apenas um nome bom de pronunciar, um nome longo cuja sonoridade ondulada remete a um embalo amoroso – um abraço, uma dança, um ninar calmo. No lugar de origem, esse é um nome tradicional da língua igbo, significando "Meu Deus não me faltará" (um nome que surge no clima de resistência à opressão e extinção que ameaçaram, violentamente, a população Igbo, grupo étnico mais atingido pelo comércio transatlântico de escravos na Baía de Biafra, de 1650 a 1900). Como quase todos os bebês, Chimamanda ganhou um nome antes de nascer – foi, portanto, na imaginação de seus pais que se tornou uma menina destinada a ser abençoada e protegida. Uma mulher a quem nada seria impossível quando partisse mundo afora, para além do oceano que arrastou milhares de africanos à escravidão nas Américas.

O valor dessa ideia não é que se cumpra, mas que seja um ato de fé diante de um bebê que é apenas um precário corpo inacabado, flutuando dentro do útero de uma mulher, no qual adultos já o vislumbram, com anos de antecipação, uma pessoa extraordinária. Nascemos tão vulneráveis a riscos, tão dependentes de cuidados que, para não sucumbirmos ao terror de aniquilação, aceitamos um pacto inconsciente com o encantamento alheio. Somos nada até que, para o outro, somos tudo. Pela vida afora, descobriremos nossa pequeneza e, por isso mesmo, precisamos desse sentimento inaugural de grande importância. Uma espécie de vacina que nos imuniza contra a malignidade dos golpes narcísicos futuros.

Por esses dias, alguns jornais brasileiros noticiaram uma decisão judicial inusitada que, em alguma medida, tem como uma de suas premissas a gravidade própria da nomeação do bebê. O fato é simples: um jovem casal de namorados descobre a gestação quando já haviam terminado o relacionamento. Encontram-se poucas vezes, até que nenhum contato resta. Nasce uma menina e, enquanto a puérpera está ainda no hospital, o rapaz assume a paternidade ao registrar oficialmente, em cartório, o nome da criança. Os pouquíssimos elementos não autorizam que afirmemos isso ou aquilo sobre as razões inconscientes para o que veio a ocorrer. Sabemos apenas o que denunciou a jovem mãe: o nome escolhido foi, à sua revelia, substituído pelo nome da medicação contraceptiva que, durante anos, utilizara. Um hormônio sintético que falhou – ou que faltou, não há como saber. Um nome acusatório e vexatório, então? Foi essa a alegação da mãe diante do Superior Tribunal de Justiça. Em vez de celebrar o triunfo da vida na atordoante circunstância de uma gravidez inesperada, o nome remeteria à substância química capaz de interditar que um encontro celular fecundante gere um novo ser humano, e, por associação direta, reiteraria a inconveniência do nascimento daquela criança, que surgiu a despeito dos esforços para evitá-la. A mãe diz jamais ter usado o nome infame diante da filha. Subvertendo o registro oficial, cercou a menina de outro nome, aquele que desde a gestação idealizara – ato clandestino que concedeu um sentido afetuoso ao nascimento acidental. Por essa insubmissão materna, a garotinha que não deveria existir recebeu um nome de heroína bíblica.

Com sorte, alguém no começo de nossas vidas deu-nos um nome feito de esperança. Com sorte, também, alguém velará nosso corpo repetindo a palavra que, desde então, bastará para evocar o que fomos (quando repito mentalmente o nome de meu pai, reaparece sua ternura constante e inabalável, elemento de sua ética natural). Não importa aqui se o enredo sobre Jesus Cristo é a história do filho de um Deus que teima em nos salvar ou se é um mito que nos acalenta porque queremos crer em algum tipo de salvação para nosso humano desamparo. De uma forma ou de outra, essa alegoria milenar faz-nos lembrar, a cada novo dezembro luminoso, que estamos salvos, ao nascermos e ao morrermos, se junto a nós alguém sentir, e disser, e repetir mil vezes em pensamento, que nossa trivial existência é a coisa mais valiosa deste mundo.

A terceira margem do rio

Cláudia Antonelli

"Eu também odeio a realidade; mas é o único lugar onde encontro um bife com batatas fritas", teria dito Woody Allen. Com ironia, o célebre diretor nos fala desse eterno duelo que nos acomete a todos, sem exceção: o embate entre o sonho/a fantasia e a assim chamada realidade. Não é difícil entender: o sonho e a fantasia podem parecer sempre mais prazerosos; ainda assim, algumas gratificações só encontramos na dita realidade.

Domínio um pouco confuso; às vezes, vertiginoso. De areias quentes e macias; às vezes, movediças. Nós mesmos algumas vezes mais lúcidos; outras, menos.

Outro dia, ainda, escutei: "Nada mais parecido com a realidade do que a fantasia". O que era aparentemente contraditório me pareceu, agora, verdadeiro. Afinal, ao criarmos uma realidade – mesmo que fantasiosa – a partir de nossos desejos e necessidades, ela nos parecerá, de fato, real – é, afinal, o próprio intuito da fantasia! A jurarmos de pés juntos – esse é o poder de nossas mentes.

Criamos e habitamos núcleos e bolhas de ilusão a respeito de nós mesmos, dos outros, da vida e do mundo. Ilusões de amor, ilusões a respeito do futuro – muito além das esperanças; ilusões de verdades que não são. Assunto delicado. Sonhar é necessário, viver é imperativo. Pois a vida é, de fato, uma tempestade que não é ficção. É aí que o problema constrói sua morada.

De ilusões, delírios, mentiras, enganações, traições – e afins –, a história humana sempre esteve recheada. O teatro, a literatura, a ópera, desde muito nos revelam as ardilosas manobras da mente humana, com muita criatividade. Três breves lembranças me ocorrem.

A primeira é *Dom Quixote de la Mancha*, de Miguel de Cervantes (1605), considerado, aliás, o primeiro romance moderno de nossos tempos e o livro mais vendido no mundo até hoje, segundo o tal livro *Guinness* de recordes mundiais. Muitos o conhecem: um homem de meia-idade, na Espanha, após ler muitos romances de cavalaria, numa espécie de delírio, crê-se um grande cavaleiro. Providencia cavalo e armadura e resolve lutar para provar seu amor por Dulcineia de Toboso, uma dama que ele alucina. Consegue, também, um escudeiro para sua defesa e companhia – Sancho Pança, que resolve acompanhá-lo, acreditando, em sua própria ilusão, que será recompensado. A história toda, do início ao fim, habilmente mistura, costura e alterna a criação e a realidade das mentes de seus personagens e de seus moinhos de vento.

– Que gigantes? – disse Sancho Pança.
– Aqueles que ali vês – respondeu seu amo – , de longos braços, que alguns chegam a tê-los de quase duas léguas.
– Veja vossa mercê – respondeu Sancho – que aqueles que ali aparecem não são gigantes, e sim moinhos de vento, e o que neles parecem braços são as asas, que, empurradas pelo vento, fazem rodar a pedra do moinho (...).
Dom Quixote o escutou, atentamente, em silêncio.

Carmen, de Bizet, é uma ópera conhecida por falar de amor e paixão, campos absolutamente propícios às ilusões. No livreto, corre o conhecido refrão *"Si je t'aime, prends garde à toi"* ("se te amo, cuide-se"). O afeto humano é, a despeito de qualquer lei, ameaçador – ameaça a ordem das coisas; ousa, desobedece, impõe-se. Na época de seu lançamento, em Paris, as histórias tinham o hábito de tentar ser "edificantes" da moral humana. *Carmen* veio mostrar, na contracorrente, que o humano tem lado B (ou mesmo C). As opiniões se partiram em duas: alguns se chocaram; outros apoiaram. O *Le National*, de Paris, em 1875, publicou: "Bizet quer pintar homens e mulheres de verdade, alucinados, atormentados pelas paixões, pela loucura. Assim, a orquestra conta suas angústias, seus ciúmes, suas cóleras e a insensatez geral".

Os franceses que com ela não se identificaram, vendo-se transfigurados, diziam-na uma "ópera espanhola" (estranho é, afinal, o estrangeiro). Ali, como em tantas outras histórias, a ilusão do amante apaixonado e enganado (desiludido) é levada às últimas consequências.

Concluo com uma terceira e última lembrança, que, apesar de brasileira, de nosso precioso Guimarães Rosa, talvez seja a menos conhecida de alguns. "A terceira margem do rio" já nos assalta com seu título. O pai, certo dia, anuncia que vai morar numa canoa, no meio do rio. E o faz. Constrói-a então, coloca-a no meio do rio e, ali, ele permanece, anos a fio. A filha se casa, tem filho, sai de casa. A mãe, estarrecida, vai morar com ela. Os anos passam, o pai envelhece na canoa no meio do rio.

Que lugar é esse? Gosto de pensar naquele da mente de cada um, em que, justamente, constrói-se algo de modo que somente ali parte da vida é possível. Não é o sonho noturno, não é a alucinação diurna nua e crua. É na água do rio que corre ali, bem ao lado da casa. Na área da mente um pouco mais branda, com som de água que passa quase despercebida. Na canoa que ele mesmo constrói e vai habitar. Aquele lugar, só, sem rótulo, sem nome. "Lá ele se isola", diz a história. Curiosamente, ali, sozinho, o pai nunca esteve tão presente para seu filho, o narrador.

Teria o pai enlouquecido? Ou é na mente do filho, somente, que assim ele existe nessa ficção? Como quer que seja, essa é a realidade da terceira margem do conto de Rosa; e, às vezes, as nossas próprias. Sem batatas fritas.

Ênfase
Carolina Scoz

Se eu disser que andei ocupada, não minto. Mas não é bem esse o motivo do atraso na resposta. Quando alguém me pede ou pergunta algo, não preciso de muito tempo para escrever de volta – envio o que tenho aqui comigo. Pode ser uma fagulha, coisa mínima, um pouquinho de calor e luz. Afinal, quase sempre, é tudo o que se pode dar.

A diferença é que sua mensagem nem pedia, nem perguntava. Você queria contar uma experiência e, lá pelas tantas, dividiu comigo um verso, só que numa aparição contrária: "As coisas. Que alegres são as coisas consideradas com ênfase". Seu entusiasmo traduzido nessas frases içou de algum lugar, fundo da memória, o poema em sua forma original. Tinha me esquecido, foi você quem acordou, do estado sonolento em que vivem as lembranças, esse livro antigo do Drummond, publicado em 1945, ao final da Segunda Guerra Mundial. Devo ter lido o texto no colegial, e já nem recordo se me atingiu em cheio ou se foi apenas uma tarefa escolar – "As coisas. Que tristes são as coisas consideradas sem ênfase" (será que, tão jovem, pensei na gravidade dessa afirmação?).

Dessa vez, trouxe uma vontade súbita de chorar. A arte sempre faz isso com a gente: liberta o que estava sufocado. Guardávamos, há tempos, aquilo que o artista foi capaz de representar e que nós, seres cronicamente afásicos, não podíamos comunicar, até que a obra tocou nossos sentidos – por isso, necessitamos tanto de pinturas, músicas, esculturas, criações literárias. De repente, ganha contornos diante de nós o que dentro da mente pulsava há anos ou décadas, até que uma forma artística foi capaz de envolvê-lo, aninhá-lo e batizá-lo. A partir daquele instante, o que era pura cadência interna se tornou uma espécie de canção. O que era arrepio, ou suspiro, ou taquicardia, ou silêncio, agora se transformou num símbolo partilhável. "O verbo se fez carne." Não é esse o milagre bíblico supremo? Também a carne se faz verbo – um milagre essencialmente humano. Você, que é psicanalista e poeta, vive isso todas as horas. Pois não é que o velho Drummond, que nem soube de mim, expressou meu aperto no peito? E foi você, soprando poesia junto aos ventos oceânicos do sul, quem fez o mineiro de Itabira novamente chegar aqui.

Acredita que, nessas últimas semanas, fiquei obcecada por noticiários criminais, que nunca me atraíram? Li atualizações à exaustão, adiando prioridades, em busca não sei de quê. Talvez da evidência de conclusões precipitadas, insufladas pela opinião pública. Denúncias foram arquivadas? Provou-se que tudo não passou de uma fatalidade? Os acusados teriam vivido um domingo corriqueiro se não fosse pelo trágico acidente doméstico que traçou um risco definitivo entre o antes e o depois em suas biografias? Num recente depoimento, a morte foi explicada por quem fez o que fez? Estavam alcoolizados ou drogados, foram incitados por alguém, uma *folie à deux* os surtou psicóticos? A verdade, portanto, é que não controlaram seus impulsos violentos – e não porque sejam pessoas essencialmente más?

Quem sabe o que eu desejava mesmo era a punição máxima para esse casal filicida, pois compaixão tem limite em qualquer coração humano – psicanalistas não são exceção. Nem sempre conseguimos tolerar aquilo que podemos racionalizar. Suspeito agora que o fragmento de poema não chegou a curar minha indignação justiceira, mas ajudou-me a compreender o que havia de mais desolador nas terríveis notícias sobre a morte de um menininho de 4 anos diante de sua mãe.

Todos sabemos que é possível o fim da vida de quem amamos. E lamentamos que uma ampulheta implacável reduza nossa existência, minuto a minuto – forçando-nos a esboçar um inventário das felicidades que perderemos. Contudo, a morte de um filho escapa dessa cogitação realista. Além de ideia apavorante, constitui uma profanação, uma distopia impronunciável. Pais morrem antes: é o enredo inscrito em nossas disposições biológicas e psíquicas. Desde que o filho é embrião, a mente não suporta a imagem desse acontecimento traumático (às vezes, já carregamos a angústia de perdê-lo quando é um ser imaginado, imaterial, muito antes que seja um aglomerado de células); por isso, custamos tanto a aceitar que alguém o realize com as próprias mãos – ou com a omissão da testemunha calada, covarde. Espanta-nos que o impensável para nós se torne uma perpetrada sequência de ações.

Golpear um menino até que ele caia, nocauteado, onde costumava brincar e dormir. Ele grita "não, não, não!", enquanto a cabeça dela está baixa, ouvindo a surra com olhos passivos, fixados nas esferas coloridas do tapete.

Deixar o corpo lívido e estático sobre a cama, durante horas, até a fraudulenta ida para o hospital, quando já era inútil qualquer tipo de socorro médico.

Impedir que seja examinado, que alguém olhe demoradamente para cada ferimento e toque todos eles com a delicadeza que até os mortos esperam de nós.

Sepultar, o quanto antes, o pequeno cadáver inconveniente, fazendo desaparecer a mais inequívoca prova de que a brutalidade, e não o acaso, interrompeu aquela breve história. Enterrar, sem um funeral, o absurdo flagelado. Perdê-lo sem uma despedida.

Nenhuma cena impressionou-me tanto nesse teatro de horrores quanto o menino deitado nos ombros da mãe pela última vez. Estão no elevador, o padrasto, a mãe e Henry, rumo à encenação no setor de emergências. A mãe não olha para o filho, apenas o segura com uma feição contrariada. Não parece sentir desespero, sequer confusão. Não tenta reavivar o menino morto, ato enlouquecido a que algumas mães se lançam, mesmo que o filho esteja no caixão: resistem obstinadamente à separação, travando uma luta delirante contra a morte. Essa mãe que se olha no espelho do elevador não vê o que carrega nos braços. Suspeito que jamais tenha visto. Viveu sua maternidade sem ênfase, maquinalmente, em gestos forçados. Diz o pai biológico que a gravidez foi recebida com irritação pela esposa, pois arruinaria o efeito da recente lipoaspiração. Será que o advento extraordinário da gestação foi, para essa mulher, somente um tormento estético? Prelúdio de uma infância carente de todos os sentidos que o olhar da mãe atribui a uma criança? É um *Homo sapiens* como outro qualquer fecundado ao longo dos últimos 300 mil anos – para aquela mulher, no entanto, é o ser mais fascinante e perfeito que já habitou a Terra.

Sua mensagem também me fez lembrar de Baruch Spinoza, um desses filósofos genitores da psicanálise, que concebeu uma ética nascida do sentimento, não do pacto social. O que nos liga ao outro é a alegria inerente a sua proximidade, por isso cuidamos e respeitamos, por isso sofremos juntos, por isso lutamos contra seu desaparecimento. O mundo seria cinza e árido sem aquela única pessoa. Foi Spinoza quem defendeu que a alegria é o afeto transformador por excelência. Afinal, dela irrompe a disposição para o zelo verdadeiro. "A alegria é a passagem para um estado mais potente de ser" – pois não é que um holandês do século XVII leva-nos ao Rio de Janeiro, junto a Drummond? Quem se alegra tem ênfase. Uma mãe encantada protege o filho e nem percebe que o faz, pois tal realização inconsciente não surge de princípios, doutrinas ou esforços. É o que é.

> Façam completo silêncio, paralisem os negócios
> Garanto que uma flor nasceu
> Sua cor não se percebe
> Suas pétalas não se abrem

Seu nome não está nos livros
Sento-me no chão da capital do país às cinco horas da tarde
E lentamente passo a mão nessa forma insegura
É uma flor
Furou o asfalto, o tédio, o nojo e o ódio.

Agradeço por seu inesperado bilhete, vindo de longe, dessa cidade perfumada por araucárias nativas e chuva fina orvalhando as ruas. Enviar palavras a uma semidesconhecida foi desses gestos originados da alegria espontânea. Antídoto necessário à descrença na perigosíssima espécie que somos.

A voz de Amy

Cláudia Antonelli

De seu talento, me emana a imagem das estrelas cadentes quando entram na atmosfera da Terra e, após um brilho breve e intenso pela combustão, se apagam rapidamente – num piscar de olhos. Mas a impressão que nos deixam, na retina e na alma, por alguns instantes, é o que faz valer a pena vê-las...

Queria sair de casa desde os 13 anos de idade e encontrar outro lar, revela o documentário que leva seu nome, *Amy*. Aos 16, já amava o jazz: Tony Bennett, Sarah Vaughan e Dinah Washington. Curiosamente, seu gosto musical não era o de ninguém lá de sua casa. Amy Winehouse, ao entoar um simples *Feliz aniversário* já nesta tenra idade, denotava uma potência de voz e afinação perturbadoras: falava-se tecnicamente em sua extensão vocal de três oitavas – vindas sabe-se lá de onde. Era a sua voz.

Ao escutá-la, no auge de seus 18 anos, diz um produtor musical: "Uma alma muito velha em um corpo muito jovem". Era essa a sensação que eu também tinha, ao escutá-la interpretar jazz e soul, em meio a uma Londres atravessada pela música eletrônica de seu tempo. Bem, não de *seu* tempo exatamente, mas de sua geração. Pois ela parecia ser de um outro tempo: o seu próprio, com suas identificações musicais pouco comuns. Na realidade, dizia não gostar do que se tocava por aí, e não se constrangia em dizê-lo, a quem quer que fosse. Tocava e cantava "o que lhe vinha de dentro", dizia.

Não à toa, encantou. Para além de seu talento, Amy não vivia a meio-termo, nem a meio-tempo, e o que nos cativava ao vê-la era também, creio, essa verdade potente que lhe atravessava em forma de música. Eventualmente, passou a escrever suas próprias letras, a partir do lugar que podia falar com alguma propriedade: de si mesma. Vivências, conflitos, mergulhos em poços próprios, em seu mundo interno, muitas vezes conturbado, rico e afetivo, mas também aflitivo.

"Componho porque sou confusa da cabeça e preciso colocar no papel... E aí componho para me sentir melhor comigo mesma. Para tirar algum proveito das coisas ruins".

Amy sentia-se como um vulcão no cerne de sua própria história, de suas relações com a música, com os outros, com o mundo e consigo mesma. *"My freudian fate"* ("meu destino freudiano"), escreve ela em uma de suas letras, referindo-se, possivelmente, à constatação da presença e da imposição de sua vida emocional passada em sua vida presente. Sua saúde debilitada, ao final, não havia brotado do nada – nunca tinha sido muito boa. A bulimia a perseguia desde a adolescência, assim como os episódios de depressão.

"Tenho 20 anos e sou uma cantora de jazz", declarou, em alto e bom tom. O fardo não era pequeno. Mas o prazer também não. O prazer de fazer o que sabia – na realidade, o que se lhe impunha: sua música. Custasse o que lhe custasse.

E custou-lhe. Perguntaram-lhe sobre tornar-se famosa, o que vinha se apontando no horizonte. Amy havia sido nomeada para o *Grammy* de 2008 (o qual acabou vencendo em cinco categorias). "Não acho que eu aguentaria... Eu, provavelmente, enlouqueceria".

Ela sabia de sua turbulência afetiva, de sua própria dificuldade em parar. Em organizar-se, mais que tudo, internamente. Os próximos o sabiam.

Sua mãe o sabia talvez mais que ninguém: "Percebi muito cedo que, quando Amy havia decidido algo, estava decidido... Eu tinha dificuldade em me impor a ela (...). Ela dizia: mãe, você pega muito leve comigo, eu sempre escapo da bronca. Você devia ser mais rígida!".

"E eu aceitei isso", conclui a mãe, na entrevista. "Eu não era forte o bastante para lhe dizer: pare!".

Amy repetia sentir falta de algo ou alguém que a parasse. Não me parece coincidência que, anos mais tarde, já próximo à sua morte, uma de suas grandes amigas enseja: "Tudo o que ela queria é que lhe disséssemos: 'Chega! Pare!'".

O mesmo verbo não cometido: parar. Mas como parar as lavas de um vulcão ou frear uma estrela cadente em sua trajetória?

Narra ainda o documentário que não somente a mãe não conseguia se impor às decisões de Amy sobre si mesma, mas também o pai, que estivera ausente desde sempre – bem, ao menos até o advento da fama de Amy. Ele nos diz: "Saí de casa quando Amy tinha 1 ano de idade". Tinha outra mulher, outra família e outra vida.

Nada contra. Salvo que ele "não estava lá para dizer: 'obedeça à sua mãe'. Era tudo o que eu precisava", diz-nos Amy, ao tentar reconstruir sua própria história.

"Senti que Amy superou isso tudo muito rápido", parece resistir o pai, visivelmente alheio às questões emocionais mais profundas. Conforme nos mostrou o final da história, não foi bem assim.

Nessa trajetória, porém, não se apontam culpados. Mesmo porque a dinâmica da vida e da morte de cada um, sabemos, é sempre bastante complexa, posto que repleta de nuances, verdades parciais, pessoais e ambivalentes.

O fato é que a fama de Amy trouxera seu pai de volta – surgido tão repentina e abruptamente quanto havia desaparecido, lá no início. Levando a alguns meses de proximidade e de viagens juntos em turnê, ao final de sua vida. Ela tinha um pai, agora. Ou, ao menos, um manager – papel ao qual ele se oficializou.

Enquanto isso, Amy, é claro, queria ser amada e estabeleceu com o namorado, Blake, uma relação à medida de seu turbilhão: eles se drogavam, se amavam, se drogavam, se machucavam – e recomeçavam.

"Éramos como irmãos gêmeos", diziam. Algo, novamente, com limites confusos, simbióticos, dependentes. Mais tarde, esse amor indiferenciado mostrou seu rosto com maior nitidez: "O amor está me destruindo aos poucos", percebeu a artista, que, aos 23 anos, cantaria "Love is a losing game" ("o amor é um jogo perdido").

Após o retorno de Blake para uma ex-namorada, Amy escreveu "Back to black" em duas ou três horas, segundo conta. Foi outro grande hit, no qual diz: "*I died a hundred times*" ("eu morri uma centena de vezes").

Até que ele foi preso, e ela, sozinha, continuou se drogando. "Está aí alguém tentando desaparecer", pondera um de seus colegas.

Em meio a tudo isso, porém, e diante da possibilidade de um contrato milionário, Amy cogitaria, ela mesma, ingressar em um programa de reabilitação. Sabia que não estava nada bem. Seu corpo e sua saúde decaíam a olhos nus, mais do que antes. É quando, angustiados, escutamos, novamente na voz do pai, diante das câmeras e já com certa ausência incorporada, em uma entrevista da época: "Ela não precisa. Ela está bem".

"Não sabemos o destino das coisas, se as escolhas tivessem sido diferentes", diz outro amigo próximo: "Certamente, ela não teria escrito 'Rehab' (letra na qual ela conta não ter feito a reabilitação), o que lhe valeu projeção no mundo todo, mas, por outro lado, poderíamos conjecturar que talvez também não teria morrido se tivesse ido para a reabilitação...", conclui o amigo, em voz baixa.

Não podemos afirmar, mas podemos supor.

"Foi mais do que pude suportar", diz-nos Amy, uma vez mais, num cristalino insight sobre si mesma. A vida, claramente, foi mais do que pôde suportar. E suporte, parece, tampouco foi algo que lhe rodeou nos momentos precisos.

Até que seu coração parou. "Sua saúde frágil... as drogas... fizeram com que seu coração parasse", diz-nos uma das psicólogas que esteve em contato com ela, em uma das clínicas onde Amy se internara, por fim.

Em uma bela cena desse documentário – uma vez que afetiva – assistimos a um trecho de uma gravação de Amy, em dueto. "Eu sou como você", diz-lhe Tony Bennett, talvez o maior ídolo vivo da cantora e compositora. "Não, eu sou como você", ela o corrige, enfatizando o "eu". "Eu sou como você", repete, fazendo jus à ordem das coisas. Ele era o cantor *sênior*.

"É preciso esperar... a vida nos ensina", ele complementa.

Amy não pôde esperar. Cada um tem seu tempo. Ele tinha 80 anos – havia esperado o tempo de sua vida. Ela não passava, então, dos 27. Seu coração parou. Sua voz e seu tormento cessaram. Cedo demais.

Que descompasso, contorno, atalho repentino para fora da vida? Amy falou em Freud, que dizia: "por fim, vencem os batalhões mais fortes". É claro que a batalha é interna. E, por mais que digam, conjecturem e argumentem – como eu, neste texto –, a batalha é interna, é árdua e é solitária.

De perto
CAROLINA SCOZ

Bélgica, 1914

O cessar-fogo naquele dezembro da Primeira Guerra Mundial rendeu uma das mais tocantes histórias natalinas do século que terminou. Ypres, território belga: exército inglês de um lado, exército alemão de outro. Entre agrupamentos inimigos, um vasto campo acinzentado pela neve desfeita sob o pisoteio de botas – *no man's land*, ou "terra de ninguém". Cruzar esse território desolado era sinônimo de morte imediata. O soldado tornava-se uma presa fácil para o atirador escamoteado na base oposta. Ocasionalmente, havia breves períodos de trégua. Eram oportunidades para cuidar de feridos, sepultar os mortos e drenar as trincheiras imundas e encharcadas.

Fazia parte do protocolo bélico que o armistício fosse respeitado: ninguém poderia trapacear o adversário, tirando proveito de sua vulnerabilidade temporária. Também não era permitido extrapolar o prazo de pacificação. Conviver amistosamente com inimigos era crime sujeito a julgamento na corte marcial, já que enfraquecia o propósito de extermínio. Como seria possível – imaginemos – apontar o fuzil para um adversário que, há pouco, disse o nome inteiro e, de mãos estendidas, tocou nosso ombro, num gesto espontâneo, ofereceu cigarro e chocolate, mostrou bilhetes enviados pela moça amada no verso de fotografias e contou que deixara a mãe chorando quando a abraçou na estação de trem? Preservar a distância entre as tropas garantia o clima de ódio, ainda que fosse uma rivalidade inventada pelo alto comando. De longe, viam-se inimigos anônimos, que mereciam cair ensanguentados. Era justamente esse afastamento estratégico, sob o qual permanecia inacessível a pessoa do estrangeiro, o que o tornava somente um alvo para o tiro, um objeto nocivo e repudiável a se aniquilar com urgência.

Dizem os sobreviventes que, naquele 24 de dezembro, fogos espocaram na tocaia alemã e uma suave canção atravessou o silêncio da noite. "*Stille Nacht, heilige Nacht, alles schläft, einsam wacht...*" Ninguém planejou e, no entanto, ingleses responderam com *First Noel*. Alemães retribuíram com *O Tannenbaum*. Um ímpeto coletivo de aproximação fez com que, aos poucos, todos saíssem pelo campo devassado. Não tiveram medo – ninguém ali desejava ataque ou vingança. Disseram frases improvisadas no idioma alheio. Ofereceram, uns aos outros, escassas guloseimas: biscoitos amanteigados fechados numa lata, pedaços de bolo de frutas secas, nozes açucaradas. Trocaram uniformes oficiais. Alguém lançou uma bola de futebol. Misturados como estavam, não havia times, nem pátrias, nem honras. Deixaram as armas para depois, para quando fossem lembrados do imperativo de todas as batalhas, o que as instiga e justifica: "matar ou morrer". Por uma noite, não houve corpos desfalecidos, nem jovens mutilados. Eram meninos brincando num Natal desterrado, talvez o último de todos – não havia como prever.

Talvez o Natal mais inesquecível – isso, sim –, já que estamos nós aqui lembrando de algo que nem testemunhamos. Ouvimos dizer e guardamos essa história, cantando com Paul McCartney sua "Pipes of peace", ode pop ao fim das guerras. Precisamos ter conosco algo que nos faça acreditar num ímpeto generoso, pronto a ressurgir sob a crosta de gelo que recobre parte de nossa mente. Uma espécie de baleia súbita, que emerge, em saltos exultantes, sobre a imensa superfície estática do mar glacial.

Quem sabe por isso gostamos de ler *A Christmas Carol* ("Uma canção de Natal"), aquele pequenino livro escrito freneticamente, em um mês, para evitar a falência do escritor aflito, no longínquo dezembro inglês de 1843. Um conto que imagina o triunfo da afetividade sobre o ressentimento. Num desses casos em que a literatura muda a realidade, e não apenas a retrata, não é que o Natal jamais foi o mesmo desde Charles Dickens? Enquanto o Sr. Scrooge descobre que sua obstinada solidão é uma defesa arriscada, condenação autoimposta à miserabilidade de uma vida sem relações de amor, vamos, aqui, desencaixotando a velha árvore guardada desde o último dezembro. Queremos ser capazes de um pouco mais de afeição e bondade diante das pessoas que ainda não perderam a esperança em nós. Perdoam-nos, em silêncio. Ainda telefonam, escrevem mensagens, batem à nossa casa. E lembram-se de nós quando encontram as primeiras luzes de Natal a faiscar pelas ruas.

Brasil, outro final de dezembro na pandemia

Manhã de sábado – ele não gostava; sentia a pressão das horas repetindo que era preciso relaxar. Fazer algo divertido. Juntar-se a pessoas simpáticas e atraentes. Dizer coisas espirituosas, dessas que incitam risos de tirar o fôlego. Mas a verdade é que, ao sair do trabalho, preferia refugiar-se em meio a seus livros e filmes, dias seguidos, até doerem os olhos fixados na tela luminosa do celular ou do computador, quase convicto da inutilidade de qualquer contato próximo. Seu inventário de desastres amorosos o refreava de tentar novamente.

Também naquele dia, voltou para casa exausto. Não imaginava que chegaria mensagem de tão longe. Há meses, não recebia notícia dela. Tinha desistido de verificar recados. Quem sabe por isso tivesse uma aura de sonho, coisa irreal, aquela música natalina de Donny Hathaway a chegar para ele, seguida pela abrupta pergunta: "Acabo de pensar que seu próximo gato poderia chamar Donny, que tal?".

Desconcertado, enviou uma foto recente da gata que ela nunca conhecera: Piaf, alusão à cantora francesa que eternizou as mais tristes baladas de separação. Ele explicaria, depois, ao único amigo a quem mostrava esse tipo de coisa, que respondeu ao contato dela apenas por civilidade. Bobagem! Entre mil reações possíveis, retribuiu ternura com ternura. E a fez prosseguir.

Ela gravou uma mensagem simples, antes mesmo que ele tivesse a chance de escolher uma canção de Piaf e fazer algum comentário biográfico erudito: "Que saudade de você... Estou em Londres, bem nesse inverno em que a Europa inteira evita ligar aquecedores e chuveiros! Torcendo para que o Putin se canse logo de bombardear. Feliz Natal, meu querido. Gostei da Piaf!". O que significava aquilo? Depois de combater todas as memórias de felicidade, todas as intenções de perdão; depois de sufocar cada virtude dela, tornando-a uma mulher qualquer, dessas que são frívolas, inseguras, perdidas, isto é, um absurdo engano que ele prometera a si mesmo nunca voltar a cometer, não é que, de repente, gostou de ouvir a melodia de sua voz? Ouvir sua respiração, trêmula de frio. Ouvir o som antigo da expressão "meu querido", sempre verossímil quando ressoada dos lábios dela.

De um instante ao outro, pareceram estúpidas suas certezas "fundamentadas e inequívocas" (ele costumava usar essas palavras juntas quando desejava encerrar uma conversa – triunfantemente). Não sabia quem era aquela mulher, quase dois anos depois. Não sabia mais o que esperar dela.

De repente, voltou a devanear.

Azul impermeável

Cláudia Antonelli

"Com caco de gessooo… com caco de vidrooo", dizia a música que Jota escutava, alta, em seu quarto na penumbra. *Caco* era uma palavra de que ele gostava. Ele talvez estivesse se sentindo um pouco assim: cortante, cortado. A ideia lhe trazia certo alívio. Claro que ele não sabia ao certo o que seria morrer – ninguém sabia. Contudo, mais do que isso, não alcançava pensar o que poderia representar, se o encontrassem morto.

"Seria o fim de tudo", conseguiu, somente, pensar. Sim, tudo.

A Jota, já lhe bastava o que achava e conhecia da vida. Não necessitava de mais nada. Jota não tinha a perspectiva de que tudo o que conhecia não era tudo o que havia de mais interessante. Nem de longe. Para quem o via de fora, sabia que esse mundo era muito mais amplo e complexo do que o que Jota habitava agora. Tantos lugares, tantos caminhos, tantos possíveis encontros e desafios mais.

Contudo, Jota tinha a sensação de que já havia feito tudo – o suficiente. A vida até aqui lhe bastava. Sua vida, agora, bastava... ele refletia. A verdade é que Jota estava cansado.

"Ainda bem que essa música não fala de amor", ele pensou. "Toda merda de música que toca fala de amor. Desse nhã, nhã, nhã de merda! Essa porra de amor!", ele gritou, agora, mais alto do que a música.

Ficou claro que, naquele momento, era justamente o amor que estava adoecido e, também, adoecendo-o. Não exatamente o amor romântico, do namoro, que ele já tinha experimentado um pouco – e, também, distanciado-se. Algo no território dos afetos, nele mesmo, estava adoecido. E machucando-o.

Não sentia mais muita vontade de sair de casa pela manhã. Quando saía, não sabia mais por que teria de voltar. Pensava em seu trabalho. Aliás... que trabalho? Aquilo que fazia não lhe parecia em nada com o "quando eu crescer" que havia sonhado tantas e tantas vezes quando criança.

Gostavam tanto quando ele imitava piloto de Fórmula 1, fazendo barulho de motor de carro com a boca, quando imitava soldado militar, levando a mão à própria testa em continência, ou jogador de futebol... e também imitava o seu pai, trabalhando. Quando criança.

Ele se lembrava muito bem. Num dia de chuva, seu pai chegou em casa vestindo uma capa impermeável, azul-marinho, tão escura, quase preta quando molhada. O azul cintilando a água era bonito. Entrou ofegante, batendo os pés nos chãos, as gotas pingando no capacho de entrada da sala. O cheiro molhado da chuva vinha junto ao seu, do pai, do qual Jota tanto gostava.

– Que roupa é essa? A mãe de Jota questionou o marido, de imediato, ao vê-lo entrar.

– É do aumento... deu pra comprar. Se quiser, eu compro uma pra você também.

Afinal, chovia muito na cidade onde moravam. A mãe não disse nada, não pareceu animada com a proposta. Mas Jota, menino, havia achado linda a capa – ele queria uma!

No entanto, as coisas foram mudando. A vida foi mudando. O tempo foi mudando as coisas e mudando a todos.

Seu pai já não estava mais lá. Sua mãe... Jota quis até colocá-la para fora um dia, quando viu outro no lugar do pai. Para fora de casa. Algo estava do avesso, ele sentia. No fundo, era dentro dele que as coisas estavam assim. Era para fora dele, que ele queria que as coisas saíssem, ele entendeu um dia. Como se fosse possível – tirar, de dentro dele, todo o amor e o ódio que sentia pela vida. E seu pai, queria trazê-lo de volta, e isso ele não podia. Sentia abrir-lhe o peito ao meio. Chegava a sentir dor; às vezes, ia dormir mergulhado em seu próprio choro.

Jota tinha uma escolha agora. Uma espécie de bifurcação: em direção à vida, por mais difícil que fosse, ou para fora dela, com o caco de gesso que havia encontrado na calçada do terreno baldio, voltando para casa.

Naquele dia de chuva, depois que seu pai entrou, enxugou-se um pouco e sentou-se no sofá da sala, Jota se jogou em seus braços e ali ficou.

Ele não esqueceria nunca mais aquele momento. Entretanto, para isso, ele precisaria viver – para se lembrar, ele precisaria viver.

Um pouco mais calmo, agora, numa espécie de olhar para dentro de si, concluiu que precisaria viver. Neste mundo mesmo, do jeito que era, "o pequeno planeta azul", ele se lembrou, com um pequeno sorriso.

"O planeta Terra é azul, Jota!", seu pai lhe dizia.

"Azul impermeável, pai", Jota completou, agora, envolto por aquela velha capa de chuva.

Ruminar

Carolina Scoz

Nunca subestimemos o impacto das palavras: quando acertadas, inauguram flertes, consagram negócios, encerram guerras, redimem pecados e culpas. Desastradamente enunciadas, podem ameaçar o que levou anos para surgir. Sem perceber, dizemos um elogio sincero que, ouvido como ironia, atinge o peito alheio feito lança afiada. Ou esperançamos um coração por causa de meia dúzia de frases pululadas da boca, sem qualquer propósito romântico.

"Senhor, eu não sou digno de que entreis em minha morada, mas dizeis uma palavra e serei salvo", ainda ouço o refrão ecoar na lembrança das missas dominicais. Uma palavra basta para acolher o indigno – é verdade –, mas também para condenar o inocente. Uma palavra, às vezes, revela o que outras mil não poderão depois suavizar ou esconder. Uma palavra jura absurdos: lembra-se de quando a jovem Diana Frances Spencer subverteu os votos matrimoniais da realeza britânica, prometendo que amaria o príncipe Charles, em vez de dizer "amar e obedecer" (*love and obey*)? Achei insólito na ocasião, já que a obediência, sim, é um ato voluntário, mas o sentimento jamais poderá ser (não havia como prevermos que a eliminação de um verbo do texto oficial era a primeira insubmissão de Diana a um casamento fraudulento). Por fim, nem amou nem obedeceu.

Uma palavra é capaz de incitar grande paixão: capítulo que os arrebatados recontarão nostalgicamente, por décadas. Trágico é quando uma tola palavra inocula o fel da dúvida nesses que começavam a entregar-se. É possível – veja aonde isso chega – que um

pequeno vocábulo interrompa para sempre uma história amorosa em suas primeiríssimas linhas.
Palavras fertilizam.
Palavras aniquilam.

Ele a convidou para jantar. Não era tão raro que ela recebesse uma mensagem ousada dessas, mas há tempos sequer cogitava trocar parte de sua rotina por uma súbita aventura. Dessa vez, quis. Aceitou imediatamente. Todos os homens pareciam-lhe vulgares quando insistiam em cafés, enviando felicitações simpáticas de "bom dia", adornadas com flores holográficas ou vermelhos corações a pulsar, cujo único objetivo era arrastá-la para um encontro. Alguns tentaram usar formulações célebres de poetas ou filósofos – profanação inaceitável, ela pensava. Nietzsche detestaria ver que ideias originais, escritas na solidão melancólica de seu pequeno quarto, agora são galanteios disfarçados com ares de fina erudição. Spinoza, por sua vez, ao afirmar que "o amor nada mais é do que a alegria", não há de ter imaginado nossa desatenção ao que filosoficamente vem após a vírgula dessa frase. Atribuir nossos momentos felizes a uma única pessoa não será condenar-se a uma desilusão iminente? E não será perder de vista todas as outras infindáveis razões de júbilo que poderíamos descobrir ao longo da vida? Seja como for, também lhe soava falta de coragem que usassem citações. Por que não declaravam, com voz própria: "Sinto tesão por você"? Uma confissão afobada, mas louvavelmente honesta.

O fato é que desejou ir. Em seus pensamentos desgovernados, imaginou combinações entre vestidos, sapatos, brincos, jeitos de prender os cabelos. Atordoada, levou o dia inteiro para retomar o assunto, numa pequena mensagem reeditada à exaustão, a fim de garantir que gostaria de conhecer o tal restaurante italiano que era propriedade da família dele há três gerações. Não chegou resposta até a manhã seguinte. Após a longa e aflitiva espera que a fez insone naquela estranha madrugada, releria na tela do celular, incrédula:

"Vou ruminar e já te escrevo".

Lembrou de gado no pasto, a mastigar o capim fibroso. Demora a engolir a massa indigesta, que sobe e desce pelo estômago segmentado dos animais ruminantes, esses mastigadores obstinados e pacientes. Nós, humanos, deglutimos de uma só vez, esôfago abaixo, sem caminho de volta. Era isso, afinal, o que ele pedia: tempo para repensar todas as implicações de revê-la, como um boi que precisa remastigar o alimento feito de moléculas difíceis?

A frase também levou sua mente aos caminhões frigoríficos que descarregavam no açougue da praça. Nunca conseguiu esquecer o cheiro de sangue e a névoa gelada que cercavam os amontoados de vísceras, ossos e músculos, imensas dissecções envoltas por branca gordura solidificada. Era vegetariana, não à toa. A brutalidade necessária para transformar um boi em variados pacotes assépticos de carne se opõe, como inferno e céu, à ternura das sensações eróticas. Chegar perto do rosto adorado esquenta a pele até quase recobri-la inteira de rosáceas febris. O abraço palpitante é quente. O hálito adocicado é quente. O riso a dois é quente. Estão juntos – então, o frio da incerteza dissipou-se. Nenhuma imagem é tão pouco lírica (e grotescamente imprópria) para representar um homem enamorado quanto um ingênuo animal que está cada dia mais próximo de se transformar em bifes.

Por que ele precisou ruminar o convite que fizera? Ela não compreendeu, embora tenha decretado o fim daquela relação que ambos insinuavam rumar ao futuro. Talvez a vontade dele fosse hesitante demais, prudente demais, o que nada tem a ver com o ímpeto dos apaixonados que, impensadamente, lançam-se, sem ruminação, não porque devam estar juntos, mas porque não conseguem ficar distantes. Não pisam em solo firme, não avistam para onde vão. São os amantes voadores dos quadros de Chagall, de olhos perplexos a mirar: até ontem, pensavam-se donos de si; agora, são carregados pela ventania.

Rompem vidraças.

Enlaçam os corpos.

Sobrevoam cidades.

Ou, quem sabe, ele apenas tivesse medo. Todos os bem-aventurados que já se apaixonaram conhecem o estado de vertigem sob o qual é preciso escolher: fincar os pés no chão, como raízes antigas e profundas, ou deixar que o ciclone nascido das asas de Eros nos leve para um horizonte estrangeiro?

Quem rumina merece alguma compaixão.

Uma filigrana de açúcar
Cláudia Antonelli

– O que quer em seu café? – perguntei-lhe.
– Uma filigrana de açúcar – ele me respondeu, com um sorriso.
Quem escreve gosta de palavras, e estas me soaram feito pérolas. Quanto exatamente era uma filigrana? Captei o sentido: um pouquinho, bem pouquinho. Quando busco o dicionário, surpreendo-me, pois o sentido é sobreposto. Não é somente uma quantidade: ao mesmo tempo que é pouco, é geralmente usada para descrever o rico detalhe, como em ouro. A filigrana é pouca, mas é valiosa.

Estes dias, soube, com tristeza, da morte da mãe de uma amiga – possivelmente por complicações do diabetes. Era ainda uma senhora jovial, fina e gentil; de belo sorriso e gestos. Eu havia feito com ela e sua filha uma deliciosa visita a Paris. Divertimo-nos bastante: *moules au vin* no tradicional restaurante em frente à *Gare du Nord* para o almoço; sopa quente oriental no pequeno restaurante chinês, antes de retornarmos ao hotel, naquelas noites frescas do início da primavera. Rimos bastante. Maria Luiza era uma mulher doce. Por isso, quem sabe, o açúcar que lhe complicara a vida também a tenha feito viver. A vida é assim, paradoxal.

No *Réveillon* anterior, em minha casa, ela havia trazido um conjunto de taças para espumante, que, em seu design próprio, não paravam em pé sobre a mesa – não tinham base. Cada uma era de uma cor, e deveríamos colocá-las juntas, numa champanheira de vidro, para que se equilibrassem, apoiadas umas às outras (como o equilíbrio das amizades?). Uma peça bonita, um momento gostoso.

Um Ano-Novo assim não se repetiria: a casa onde eu morava, as pessoas que ali estavam; as fotos juntos, o anoitecer daquele dia. Como muitos momentos em nossas vidas, nada disso se repetiria.

* * *

No final do ano uma década depois, eu estava no Leste Europeu, e fazia muito frio. A arquitetura era imponente, introspectiva, atravessada pelos anos de comunismo, pela guerra, pelos dias cinza e, hoje em dia, pelo turismo e pelos flashes.

Às ruas, uma cena bruta: as pessoas que mendigavam naquele Natal se mantinham ajoelhadas, em posição de imploração, com chapéu ou um pote vazio à frente, o olhar voltado para baixo. Adultos, senhores, jovens, naquela pose que nos atravessava em véspera de festas, feito uma flecha gelada. Um senhor, certamente em idade de aposentadoria, estava ali, imóvel e ajoelhado, imerso em uma aura de humilhação e resignação. Ao sair pela manhã e retornar ao fim do dia, via-o no mesmo lugar, como se congelado pelo frio. O que o fazia viver?, eu me perguntava. Seria instinto, ou haveria algo que, de fato, ligava-o à vida – o desejo por viver –, ainda que com o peso de sua dura realidade?

Em um documentário sobre Frida Kahlo, intitulado *Viva la Vida*, ela diz, ao final da sua própria: "Me retiro, desejando nunca mais retornar". Sabemos de seu desmedido sofrimento – sua biografia e obra nos contam que a dor a atravessou do começo ao fim: a doença, o terrível acidente, as cirurgias, as dores do amor.

Contudo, surpreendentemente talvez, Frida afirma algo diferente, justaposto ao seu último quadro: belos e grandes pedaços de melancias cortadas, vermelhas, suculentas – e, sobre um dos pedaços, na polpa, ela escreve, com traços fortes: *"Viva la Vida"*.

Numa mistura de despedida e apologia a ela – a vida –, Frida aproveita seus últimos momentos para ilustrar, de maneira contundente, no vermelho da carne da fruta, sua especificidade: a paixão por viver e pintar. Seu sabor e, certamente, também sua dor. *Viva la vida*, escreveu ela, pouco antes de seu último sopro de provável alívio, aos 47 anos.

* * *

O registro do afeto é soberano – liga-nos aos outros, ao mundo e à vida. Maria Luiza, à sua filha; Frida, à sua arte; e sonho que o idoso que se ajoelhava também tenha amado e sido amado. O afeto, que dá liga aos fatos e projeta-se sobre o futuro, permanece em nossas lembranças e mantém-nos vivos. Não era apenas mais uma viagem, tampouco mais uma virada de ano. Eram especiais, atravessadas de sentidos. Até mesmo o minuto presente, que nos parece pouco e tantas vezes passa despercebido, venho percebendo-o completo. Esse aparente singelo instante, como agora: parar, para ler.

* * *

A filigrana daquela manhã, do início desta crônica, afinal, não era a do açúcar para seu café. Era também. Mas, sobretudo, a do seu sorriso, para mim, enquanto o dia e o sol se levantavam. Uma filigrana de ouro.

Ouvir
Carolina Scoz

Não me esqueço da minha professora de literatura, uma senhora baixinha, de cabelos platinados como geada recente e uns pequenos brincos de rubi discretamente a cintilar. Trazia feições sóbrias e palavras duras. Era capaz de atrair para si um raro misto de temor, fascínio e gratidão. Chamava-me pelo nome de família, em tom militar: "Scoz!", dizia alto, subitamente, como que para me acordar do crônico sono adolescente e espantar os pensamentos fluidos que rodopiam enquanto ouvimos aulas colegiais. "Scoz, você acha que Capitu traiu Bentinho?". Ninguém sabe, nem saberá, como quis Machado de Assis quando inventou aquela que é, talvez, a mulher mais enigmática da literatura brasileira.

Por que Dona Maria Benedicta Santoro, que havia memorizado cada parágrafo do livro, perguntava isso a mim, leitora de primeira viagem? Já não recordo mais o que falei. Provavelmente segui calada, matutando sobre a charada que permanece sem resposta: "olhos de ressaca", "olhos de cigana oblíqua e dissimulada"... Bem aqui é que o gênio Machado de Assis confunde nossos pensamentos (ele que adorava jogar xadrez, esse obstinado esforço para surpreender um adversário que vê todas as peças): enquanto juntamos indícios que condenam ou absolvem Capitu do adultério, perdemos de vista que o livro é inteiramente escrito em primeira pessoa. Apenas o narrador tem a palavra: Bento, cujo modo insociável e desesperançado rendeu-lhe o apelido de "Dom Casmurro".

Somos todos levados por sua trajetória dolorosamente paranoica e nem percebemos o disparate de insistirmos em averiguar uma infidelidade conjugal quando a tragédia maior é a contínua hesitação diante dos vínculos afetivos. "A vida inteira que podia ter sido e que não foi", diz o poema de Manuel Bandeira, adorável "Dom Casmurro" que viveu entre nós. Como não reconheci a derrocada existencial desse triste homem? Tinha 15 anos – estava obcecada em captar nas entrelinhas de quem era o coração de Capitu.

"Scoz, sabia que o grande amor de Machado de Assis chamava-se Carolina? Ela, filha de portugueses aristocráticos, uma senhorita culta e rica; ele, pobre, mulato, epilético..." Lembro-me da respiração ofegante da professora ao falar de personagens ficcionais – para ela, pessoas reais com quem convivia há décadas. Sofria com a paixão suicida de Werther, advertindo que o livro era perigoso demais a jovens suscetíveis, desses que morrem por uma desilusão romântica. Muitos cometeram suicídio na Europa quando Goethe publicou sua obra-prima, levados pelo ímpeto radical do rapaz. Por precaução, Dona Maria retirou a indicação da lista de leituras e fez com que guardassem os exemplares numa alta estante. Cá entre nós, suspeito que a advertência tinha o intuito de encorajar alunos a correrem até a biblioteca para alcançar uma daquelas encadernações fininhas que, supostamente, levaram moços europeus ao precoce fim. Não acreditava nesse efeito drástico da obra – não ali, conosco. Seja como for, e a tal paixão avassalante? Foi uma obsessão psicótica de Werther ou será que Charlotte perversamente a estimulou? Somente agora a pergunta me surge, bem quando Dona Maria já se foi.

Ela, que sofria por todas as formas de aflição humana. Sofria pelos injustiçados aos quais a literatura tentou devolver um mínimo da dignidade negada. Li com ela a história da família nordestina que, para guardar alguma fantasia de abundância, chamou de "Baleia" a esquálida cachorra. Dizia ela que, se Graciliano Ramos batizou as crianças retirantes, em *Vidas secas*, de "menino mais novo" e "menino mais velho", foi para nos lembrar de que há muita gente a quem não é concedido o direito à identidade – são ninguém. Inexistem.

Sofria, também, pelo destino das mulheres que pagaram com a própria vida uma escolha amorosa desastrada: Inês de Castro, Emma Bovary, Anna Karenina, Macabéa. Sofria junto dos poemas angustiados de Fernando Pessoa, que nós, adolescentes, não podíamos compreender: era a gravidade de sua leitura que traduzia a dor do poeta e transformava-o num ser igualzinho a nós. "Não sou nada. / Nunca serei nada. / Não posso querer ser nada. / À parte isso, tenho em mim todos os sonhos do mundo."

Sofria por Marília de Dirceu, a moça mineira que viveu a esperar a volta de seu amado, inconfidente exilado em Moçambique, e envelheceu sem nunca saber que ele jamais retornaria, exceto já morto, para ser sepultado junto a ela em Ouro Preto. Justiça tardia e inútil, hoje eu pensaria, triunfo imaginário de "Romeus" e "Julietas" que habitam mentalidades juvenis mundo afora. Naquele tempo, contudo, eu me emocionei com a união redentora dos amantes, exatamente na terra de morros reluzentes que um dia os separou.

A voz de Dona Maria derramando emoção veio a ser, acredito, a origem de minha relação dependente com os livros.

Estou muito longe de ser uma erudita que conhece a obra inteira de um autor ou sua inserção no campo das escolas literárias. Leio capítulos fora de sequência, viro as páginas monótonas ou incompreensíveis, sublinho longos trechos comoventes e releio-os por dias seguidos, titubeando a prosseguir com o enredo. Começo a ler um novo livro antes de terminar outros já iniciados e, então, vou ziguezagueando a depender da vontade imediata. Demoro a conhecer publicações badaladas, essas que estão nas vitrines das livrarias e acabaram de ganhar algum prêmio ou entrar para a lista das mais vendidas. Volto sempre aos mesmos escritores, sem vergonha de admitir que ainda conheço pouco dessas obras que, para mim, são inesgotáveis. Não tenho vocação para literata, enfim: só gosto de perambular entre livros, folheando páginas, sem rumo certo, à espera de que um parágrafo me fisgue.

Perambular. Era o que eu estava fazendo quando senti alguém tocar meu ombro. Ao mesmo tempo, vi um rapaz da livraria aproximar-se, sobressaltado, e avisar-me numa espécie de murmúrio. "Desculpe, ele vem aqui quase todos os dias...". Quem me chama é um homem idoso, curvado sobre um andador. Nada diz – apenas puxa-me pelo braço até a gôndola ao lado. Alcança um volume e, sem pressa, vai e volta pelos títulos. Estou atônita, aguardando nem sei o quê. Por fim, segura aberto um livro de Mário Quintana, emitindo barulhos guturais que imagino significarem: "Esse mesmo!". Vejo que o anônimo senhor mudo pede que eu leia para ele "A grande enchente", poema desconhecido para mim.

> Quando a água alcançar as mais altas janelas / eu pintarei rosas de fogo em nossas faces amarelas / o que importa o que há de vir? / tudo é poupado aos loucos / e os loucos tudo se permitem. / (...) onde é que estão vocês, amigos, amigas, / dos primeiros e últimos dias / é preciso, é preciso, é preciso continuarmos juntos / então, em um último e diluído pensamento / eu sinto que meu grito é só a voz do vento.

Termina o texto, são quatro versos de alguém que não desiste. Ouço uma palavra rouca e arrastada: "Ma-ra-vi-lha". Sorri. Fecha os olhos. "Ma-ra-vi-lha", repete.

Ele conhecia o poema; eu, não. Faltava-lhe alguém que fizesse as palavras ressoarem. Para isso, teimava em romper as solidões de pessoas absortas em livros dispersos, até que alguém lesse para ele.

Ele sabia; eu, não: há verdades que somente penetram a mente se nascerem da voz de uma boca alheia.

Dentro e fora do tempo
Cláudia Antonelli

A ferragem rangeu forte através da água gélida e densa, antes de chegar aos ouvidos desavisados, encantados e também assustados – pois pegos de surpresa. Como um urro do corpo daquela embarcação que, sabia-se, não ia aguentar o machucado profundo feito pela ponta cortante daquele iceberg de médio porte – um somente, dentre centenas de outros. Eram 23h40 da noite de 14 de abril de 1912. O mundo acompanhava e aguardava a chegada do legendário transatlântico *Titanic* – o navio "inafundável", como havia sido anunciado – ao porto de Nova Iorque

Quanta prepotência humana! De que maneira saber como um gigantesco conglomerado de lataria, tecidos e estofados, garrafas de champanhe, cabines de primeira, segunda e terceira classes se comportaria em meio a um Atlântico ainda pouco conhecido, governado pela natureza mais austera e imprevisível dos oceanos?

Nas primeiras horas do dia seguinte, a embarcação inafundável encontrou seu destino, infelizmente diferente daquele precariamente definido pela engenharia humana. Naufragou no lusco-fusco do céu aberto, com seus mais de 1.500 tripulantes. Com ele, as frágeis invenções humanas: suas salas de squash, de charutos, de ginástica, de baile, de banhos turcos, de cafés e escadarias. Dentre estas, a maior, a dianteira, adornada por um relógio entalhado com os dizeres "Honra e Glória Coroando o Tempo".

Ironia do destino? Li uma reportagem relatando que alguns dos relógios da embarcação, também invadidos pela indômita e implacável água, pararam logo após o histórico naufrágio – registrando, assim, para sempre, o momento em que aquela viagem se encerrava, a despeito da intenção humana.

O navio se foi, e o tempo passou – mais de cem anos já. Enquanto o soçobro do grande *Titanic* permanece mais de 3.000 metros abaixo da superfície da água, a vida seguiu, o mundo girou e logo virão Páscoas, férias de julho, Natais, viradas de ano...

Atento-me à passagem dele – o tempo. Sua natureza volátil certamente só poderia nos inquietar: como passa o tempo e não vemos o tempo passar? Sua contagem, que nos amedronta por sua suposta rapidez, também nos fascina, desde sempre. Inventamos relógios, calendários, cronômetros, metrônomos e outros marcadores – na tentativa de, quem sabe, lá no fundo, aprisionarmos este pássaro de voo raro?

Ano de 2023 no calendário ocidental cristão; 4721 no chinês; o judaico nos localiza em 5783; o islâmico, por sua vez, aponta-nos o ano de 1445.

E havia, ainda, um muito interessante calendário maia, que, além de seus dias, semanas e meses anuais, era composto por um muito curioso período de cinco dias conhecido como *Wayeb*, que significava algo como "fora do tempo". Assim era: esses dias simplesmente não eram incluídos na contagem. Gozavam desse prazer. Já que não podiam parar o trem, o voo, a viagem – o tempo –, pelo menos sua contagem pausava por esse breve período. Uma espécie de antídoto? O navio ia, eles ficavam. Vivos, mas resguardados, imersos em rituais de renovação.

Parece ser o que nos acontece às vezes, mesmo quando, não previstas no calendário, algumas intensas vivências emocionais nos assaltam e, de alguma forma, reviram-nos do avesso, no tempo. Com elas, o tempo para, ou não passa.

Em um livro também intitulado *Fora do tempo*, o israelense David Grossman utiliza-se do recurso de uma escrita teatral, poética e também mitológica para examinar a impalpável experiência do luto pela perda de um filho, na narrativa fictícia ali descrita. "(...)

"Depois de cinco anos de dor muda, um homem subitamente recupera a fala e anuncia à sua mulher que partirá numa jornada para lá", lemos na introdução do livro.

Uri, o próprio filho do autor, então sargento do exército israelense, fora morto pouco antes do fim do conflito com o Líbano, naquele mesmo ano. O luto, essa experiência que não se marca no calendário e somente encontra lugar apropriado na mente, em seu próprio tempo, jeito e forma – à maneira de cada um, como nesse precioso livro de Grossman –, dentro e fora do tempo.

Contrariamente, outros fatos também se dilatam e prolongam-se em momentos especialmente cheios de sentidos – como o prazer de um bom encontro, no qual contornos afetivos se encaixam e nos penetram de modo ameno, suave, parecendo-nos, então, infinitos.

Este tempo que é e será, o quanto quiser durar, qualquer que seja nossa marcação ou o verbo que o descreva. A vida e a morte ocorrerão, quer compreendamos ou não, porque isso acontece – é tudo o que sabemos.

Sentados às costas daquele pássaro de voo raro, por ele somos levados. "Não importa o quanto durou, importa que fomos felizes", disse-me meu pai. Enquanto me lembro, como se fosse ontem, de minha mãe cantando e tocando no violão, eu pequena aninhada em seu colo: "Passarinho na gaiola fez um buraquinho, voou, voou, voou, voou, voou...".

Ainda agora.

Aquecer o ausente

Carolina Scoz

Qualquer um de nós

Caminhava até a Biblioteca Prussiana de Berlim ao lado de uma amiga que, além de prazerosa companhia, era professora de alemão, o que significava uma dupla sorte. À época, meu vocabulário se resumia a cumprimentos educados, perguntas úteis no cotidiano, números cardinais, o hino nacional reescrito após a Segunda Guerra Mundial (atenuado do retumbante ufanismo que animava a versão anterior), mais um cântico protestante que minha avó Dejanira recitava, e eu decorei: "*So viel Stern am Himmel stehen an dem blauen Himmelszelt...*". Ela seguia até o final para depois recomeçar em português: "Sabes quantas estrelinhas lá no céu brilhando estão? Sabes quantas nuvenzinhas pelo vasto mundo vão? Deus a todas tem contado e nenhuma há faltado".

Eu gostava de ouvir. Talvez porque queremos acreditar que um ser onisciente e onipotente nos protege. São momentos de aflição aqueles em que cogitamos que essa força superior e amorosa possa se afastar de nós, distrair-se de nossos problemas – ou, assim creem algumas pessoas, que essa força divina possa nem existir. Viver sob o céu de um deus omisso, que nos deixa à mercê dos acontecimentos, é quase o mesmo que acreditar num deus fictício: lá e aqui estamos desamparados. Logo nós, que somos vulneráveis a tantas ameaças, vindas de todas as direções – algo que Freud explorou em sua obra de 1929, *O mal-estar na civilização*.

Precisamos suportar, lembra-nos o autor, os conflitos que nos impõe o convívio em sociedade: incompreensões, rivalidades, mentiras, trapaças. Invejas escamoteadas sob boas intenções. Seduções perversas. Abandonos súbitos, esses golpes duros que nunca conseguimos realmente deixar para trás. Também a vida subjetiva está longe de ser um descanso: há sempre algo incômodo, uma dor, uma angústia, uma impossibilidade, uma confusão de desejos, uma falta ou um excesso. Há sempre algo, enfim, que gostaríamos de extirpar se pudéssemos (não é isso, aliás, o que dizemos sobre um remédio eficaz – que "arrancou o problema com as mãos"?). E a mãe natureza, paradoxalmente, tão impulsionada que é a resistir à extinção dos seres nesse planeta, ela própria constitui um perigo. Somos cercados por fenômenos naturais potencialmente catastróficos. Assistiremos à maior parte a distância, mas outros nos atingirão em cheio: epidemias, terremotos, furacões, incêndios, deslizamentos, ondas de frio, águas que inundam cidades, dias áridos e escaldantes. Qualquer um pode acordar num mundo devastado por algo que ninguém, por crueldade, fez contra nós. Aconteceu.

Peter

E, de repente, o impacto daquela escultura. Nunca a esqueci. Uma representação tão exata do que é a imensidão do luto. Foi necessário que surgissem milhares de páginas escritas sobre essa dolorosa experiência para comunicar o que aquela única obra disse, sem recorrer a palavra alguma. Lembro-me do jardim central, transformado em cafeteria ao ar livre, entre vastas paredes cobertas de ramos secos. A manhã estava azul e fria, sem vento. Lembro-me de que procuramos uma mesa alcançada pelo tímido sol de outono. Pedi um bule de chá e uma torta de frutas vermelhas. Lembro-me de que Ruth anunciava estarmos a alguns passos de ver a partitura original da *Nona Sinfonia de Beethoven*, uma das obras abrigadas naquele acervo. Cantarolamos juntas a *Ode à Alegria*, brincando de reger uma orquestra filarmônica imaginária. Mas lembro-me, sobretudo, de que, ao sairmos da biblioteca, paramos diante de um prédio sóbrio e acinzentado. A placa informava que a edificação de 1818 fora a sede da Guarda Real Prussiana. Não tínhamos ideia do que exibiam ali quase dois séculos depois. De fora, conseguíamos apenas ver pessoas a observarem algo sob a luz de uma claraboia. Estavam de pé, em silêncio, ao redor de quê? No centro do enorme saguão, iluminada por um feixe surgido do alto, vimos que havia uma escultura.

Era isso o que atraía a todos: a *Pietà*, de Käthe Kollwitz, artista que perdeu um filho durante a Primeira Guerra Mundial. Aos 19 anos, Peter foi atingido fatalmente num campo de batalha na Bélgica. Embora a obra seja belíssima, por si, torna-se ainda mais tocante pela amplitude daquele lugar quase vazio. Há somente a mãe a segurar, no colo, o filho morto. Nada mais cabe além dessa emudecida dor, nem poemas nem explicações nem campanhas em prol da paz mundial. Quando reconstruíram o tal memorial dedicado a "todas as vítimas da guerra e da tirania", houve críticas à escolha dessa obra de arte. Por que uma mãe junto ao filho, quando milhares de jovens mortos terminaram suas vidas mutilados numa zona de combate e deixados lá, completamente sós?

Talvez para escancarar todo o sofrimento decorrente de uma morte que, ao comando bélico, significa apenas um soldado a menos. Portanto, é insignificante. Ou, quem sabe, porque esse último abraço faltou a Peter, como a tantos outros jovens, e, então, sua mãe viveu para desenhar e esculpir a despedida que tragicamente não acontece quando um garoto termina sua breve existência misturado a destroços espalhados a centenas de quilômetros de casa. Em algumas obras, ela o carrega já morto, ou ferido, ou esquelético. Em outras, ele ainda é um menino agarrado à mãe, portanto, há tempo de impedir que vista um uniforme militar e vá acabar, bestamente, num lugar coagulado de mocidades interrompidas. Kollwitz perdeu o filho na Grande Guerra, nome inventado por quem supunha nunca vir a ocorrer outra pior. Depois perderia o neto, também chamado Peter, em 1942, no avanço das tropas alemãs para Stalingrado – uma cega obstinação nazista que arrastou para sua própria derrocada cerca de 2 milhões de vidas.

Lucas

Já faz muitos anos que vi essa *Pietà*. Guardei sua lembrança numa gaveta da mente e não a remexi. Até a sexta-feira do velório de Lucas. Era uma noite de fina chuva. Cheguei bem tarde, imaginando que a mãe precisaria de gente a seu redor para suportar as horas daquela terrível madrugada. A garoa salpicando os vidros do carro, e eu, paralisada, tentando ensaiar uma frase verdadeira – e que eu pronunciasse sem chorar. Consegui apenas pensar sobre o que *não* dizer, listando um inventário mental de coisas estúpidas que dizemos para consolar: não dizer que "será melhor assim", não dizer que "o tempo cura", não dizer que "foi a vontade de Deus". Não dizer que "ele ficará sempre conosco, feito um anjo". E não dizer coisas como "estou aqui", "conte comigo", "ligue a qualquer hora", porque são, no máximo, promessas ingênuas. A perda sofrida por ela abala sua vida de uma forma que ninguém conseguirá saber ou aliviar. Tampouco alguém estará próximo nas tantas vezes em que se desesperar, lembrando, inutilmente, que se o tivesse proibido de ir àquele passeio do colégio, se tivesse respeitado sua intuição amedrontada... Prefiro não falar, somente mirá-la. Espero que ela me olhe e que esses segundos bastem para um entendimento mútuo.

Deixo o carro, subo a escadaria molhada e vejo que há um amontoado de pessoas caladas. Ouvem o que, pela reverência incitada naquele círculo humano, parece-me um rito fúnebre. Será uma missa, um culto? Ressoa a voz de uma mulher. De costas para todos, a avó está a tranquilizar o menino, lembrando-o de episódios em que foi corajoso. Teve medo, teve vergonha, tantas vezes, mas foi lá e fez. Sorri, docemente, ao contar histórias sobre figurinhas, futebol, festa de aniversário – reminiscências partilhadas entre o neto e ela. Juntos, assaram pães de queijo naquela última manhã. Continuavam mornos quando foram para a lancheira. A mãe está debruçada sobre o filho, afagando seus cabelos, rostos colados sob o tule branco, como se a insistência daquele contato pudesse impedir que a lividez da morte se espalhasse.

Algo terminará para sempre – essa absurda verdade elas já reconheceram (não será o funeral de um jovem o lugar onde nos lançamos a narrar a biografia de uma abreviada existência? Cerimônia de adeus, onde coletivamente iluminamos o passado vivido, para suportarmos a impossibilidade de um futuro?).

Algo seguirá eternizado, contudo, sepultado nos corações dessas mulheres, em todas as células sentimentais de seus corpos maternos, em infinitas memórias que resistirão ao frio do esquecimento.

New York, New York
Cláudia Antonelli

Eu poderia ter pegado um táxi. O comitê já o havia reservado, inclusive, do aeroporto onde eu estava até o centro de Nova Iorque. Contudo, apesar da mala pesada e de todas as horas de voo, preferi o metrô, para chegar mais devagar, justamente.

Primeiro, foi o *airtrain*, do aeroporto até a estação mais próxima. Ali, as pessoas aguardavam do lado de dentro. Foi no início do ano, com baixas temperaturas; depois, outra pequena caminhada, escadas rolantes e uma curta espera na plataforma. Alcancei, então, o *subway*, linha A.

Fazia vinte anos: tudo estaria mudado? Eu saberia ainda andar pela cidade, como fazia antes? Eu a teria na palma de minha mão? Mesmo sem mapa, naquela teia de aranha complexa que formava o metrô nova-iorquino, eu conhecia as cores das linhas e as estações. Os funcionamentos, os preços e os lugares. Conhecia as ruas e até mesmo a média do ritmo do andar das pessoas em cada uma delas. Funcionaria o metrô da mesma maneira? Ou seria algo tão moderno, com ingresso por impressão digital, que eu precisaria passar por aquele momento de não saber como fazer, enquanto, impacientes, as pessoas aguardariam atrás de mim, murmurando sua pressa para também passar pela – talvez – catraca; eu perguntaria, ou tentaria e erraria, contaria as moedas que poderiam cair, mostraria meu desajeito, atrapalharia a fila?

Não. Não foi nada disso. O cartão de metrô era o mesmo. Inclusive o metrô, ele mesmo, pareceu-me o mesmo. Entrei, e tudo estava igual. Os assentos em tom laranja, um pouco mais desbotados. As paredes das estações, um pouco mais pichadas. Os passageiros, um pouco mais ligados a seus celulares, com fones de ouvidos, olhar fixo sobre a pequena tela portátil, e o equilíbrio ainda mais desenvolvido – em pé, não se seguram, mesmo com o metrô em movimento (o ser humano se adapta). As roupas seguem em tons escuros.

Sugeriram-me descer no *Columbus Circle*. Ali, haveria um elevador para subir com minha grande mala até o térreo, à altura das ruas. Lá fui. Senti o frio. Logo localizei as carruagens estacionadas em frente ao Central Park; os *cabs* amarelos – o modelo diferente, mais novo, sob o mesmo tom de amarelo; a mesma *Trump Tower*, o mesmo *Columbus Circle*. Peguei um táxi para o último trecho do percurso: o endereço em *Upper West Side*, uma dúzia de quadras dali.

Entrei e disse ao motorista o endereço, ainda de cor. "Se me lembro bem, entre a Columbus e a Broadway", que é como se costuma dizer lá. Não tinha certeza, porém, sobre a Broadway. Era a que me vinha à mente.

No carro, agora, uma máquina de cartão de crédito à minha frente. "Todos os carros têm, agora, uma máquina para cartões?", perguntei, para fazer conversa com o motorista, que não respondeu, aparentemente irritado ou talvez surpreso com minha pergunta.

Pensei, ainda, em falar sobre o tempo, ou verificar, então, sobre a cidade – coisas que, de fato, interessavam-me –, mas preferi ficar em silêncio e observar enquanto atravessávamos, a baixa velocidade, a rotatória da Columbus, e ingressávamos na Broadway. Ia me recordando de tudo, enquanto fazia o mesmo percurso recorrente de vinte anos atrás – as lojas, as pessoas, nada tão diferente naquela avenida, talvez um pouco mais agitada (e eu certamente um pouco mais calma). "Entre Amsterdam e Columbus", ele me corrigiu, depois de refletir, agora com um sorriso.

Sim! Amsterdam. Isso mesmo, repeti, aliviada por sua, agora, simpatia. Aproximávamo-nos do local e senti um pequeno frio em minha barriga. O toldo verde estava ali, à frente, sobre a mesma calçada larga. A porta de ferro maciço, o vidro refletivo atrás, o grande hall de entrada aquecido, os três degraus até o elevador, que dali a pouco chegou.

Por fim, que admiração, ao ver, em pleno século XXI, um ascensorista ainda ali, o que me surpreendeu mais que tudo. Não foi a modernidade – que não encontrei –, ou certa esperada renovação, que também não encontrei, nessa capital das mais metropolitanas do planeta – mas um ascensorista.

E não era qualquer ascensorista. Enquanto subíamos os doze andares naquele pomposo engenho cinematográfico com seus detalhes dourados reluzentes, ainda movido a manivela manual, antigo, lento, o jovial senhor alto, magro, elegante, afrodescendente, como dizem lá, perguntou-me:

– Você é amiga da Mrs. Thomas?

O tom de voz era o mesmo. O jeito, o gesto, o porte reto, a cabeça alinhada, o olhar que vinha de lado, sem confrontar.

– Sim.

– Ela tem muitos amigos... Desculpe-me, não me lembro de seu nome, mas sei que a conheço – ele disse.

– Você... estava aqui, vinte anos atrás, não estava? – perguntei-lhe.

– Você é.... a italiana... não, a Cláudia. Sim, a Cláudia?

– Eric! – Lembrei-me, um pouco surpresa também, de seu nome. – Você não mudou nada!

– Ah, não, é!? – ele desafiou-me, enquanto retirou, num gesto rápido e preciso, a boina de lã da cabeça. – Veja!

Olhei. Seria o tom um pouco acinzentado, naquele cabelo moreno curto como de antes? Pouco mudou.

– Se você não me mostrasse, eu não veria – eu disse, e ele sorriu.

Enquanto Caroline, a proprietária do apartamento tornada amiga, preparava-se para passearmos, desci para pedir um café no *deli*, ao lado. E encontrei, também surpresa, o mesmo dono, o mesmo *deli*.

– Você estava aqui há vinte anos? – fiz-lhe a mesma pergunta.
– Há 25. Bem-vinda de volta!
O mesmo copo em papel para levar, os mesmos *eggs on a roll* feitos na hora.

Nesse mesmo dia, ainda sem dormir, fui pessoalmente olhar o espaço oco transformado em memorial, construído após a queda das Torres Gêmeas, que ainda estavam lá quando saí, em 2000.

Do alto delas, havia podido vislumbrar, num belo entardecer, dezenas de aviões cruzarem os céus de um lado ao outro, parecendo pequenos pássaros deixando seus rastros brancos num fundo granada intenso; e os inúmeros barcos, lentos, suas marcas no rio Hudson – que ali abriga a tal Estátua da Liberdade, ícone para os milhares de imigrantes que lá chegaram, ao longo das décadas.

Vi ainda, naquele dia, atônita, do último andar delas, de tão altas que eram, a Terra curvar-se na linha do horizonte, enquanto o sol se punha. O mais lindo pôr do sol.

Não, nem tudo agora era o mesmo.

Alma

Carolina Scoz

Não que fosse um problema o trânsito lento naquelas ruas da Colômbia, em torno da muralha iluminada que divide a antiga Cartagena e tudo o que surgiu com o cessar dos ataques marítimos. A noite fresca começava a rabiscar o céu de azuis e laranjas, e não havia afobação para chegar ao destino. Queríamos apenas jantar no tal restaurante que o hotel indicara. "Alma, por favor", eu pedi. O taxista pareceu compreender, absorto em compenetrado silêncio. Seguimos alguns minutos pelo trajeto à beira-mar até que, súbito, perguntou: "*Como mismo, señora?*". Repeti mais alto – e pausadamente: "Al-ma". Para garantir, uma amiga completou, dessa vez com a firmeza de quem sabe o que diz: "*El restaurant se llama Alma, señor. Es muy conocido...*". "*Ah, sí, claro!*", respondeu convicto.

Em poucos instantes, ele frearia suavemente o carro e apontaria para um gigante par de botas que – viemos a saber depois – é o principal monumento histórico da cidade, inspirado num poema que celebra os sapatos velhos. "Botas muito usadas são objetos com alma!", eu teria feito essa associação livre brincalhona se pudesse dizê-la em espanhol, mas devo ter sentido que era prudente apenas repetir o nome do destino, situando a conversa no terreno mais inequívoco possível: "*Alma, sí?*". A seguir viriam mais avenidas, semáforos, esquinas – e bandos de meninos risonhos em suas bicicletas, e vendedores ambulantes a carregarem amontoados de chapéus de palha coloridos, e moças cansadas fechando as portas das lojas para reabrirem na manhã seguinte, e manifestantes pacificamente exigindo um plebiscito cujo propósito já não recordo – até que notamos as mesmas poéticas botas velhas de cobre, novamente reluzindo sobre um jardim municipal.

Voltávamos a contemplar aquele monumento singelo, localizado bem em frente a uma fortaleza militar, com seus canhões até hoje apontados para a orla da praia, como se piratas fossem atacar a colônia espanhola a qualquer instante. Estávamos zanzando em círculos, rumo a lugar nenhum. Liberamos o taxista da inexequível missão e descemos em frente à luminosa Torre do Relógio, entrada principal da *Ciudad Amurallada*. Seguimos por estreitas vielas de pedra, a esmo; minutos depois, avistamos a placa: *Alma*. Era aquele. Era ali, então. Entramos – e, numa daquelas coincidências que inflam nosso tolo senso de grande importância, os músicos começavam a tocar "Garota de Ipanema".

"Como alguém consegue esquecer uma palavra simples dessas: Alma? Como pode se confundir?" – dizíamos uma à outra, ainda intrigadas. Uma possibilidade é a palavra não ter conexão com algo relevante dentro ou fora de nós. Dependemos de redes associativas que, como teias, sustentem nossas memórias de palavras, nossos conceitos, episódios e imagens. Aquilo que está solto se perde para sempre, exatamente porque a mente não se dá ao trabalho de preservar o que não tem importância. Você guardaria uma meia sem par ou uma xícara sem pires? A memória também se livra de bugigangas.

Eu nunca poderia me esquecer desse nome. Minha tia-avó preferida chamava-se Alma (todas já morreram e, portanto, gozo aqui do privilégio de dizer a verdade sem o pudor de ferir quem, afinal, não precisa saber que foi uma parente esquecível, que nenhuma marca inscreveu na biografia afetiva da sobrinha). Tia Alma morreu velhinha, orgulhosa de ser a primeira mulher divorciada do Brasil (pelo menos foi o que disse no programa da *Hebe*). Fazia os melhores pães, honestíssimos, somente com farinha de polvilho e queijo meia cura. Enquanto cresciam no forno, passava o café. Aprendi com ela a ver beleza na acinzentada feiura de São Paulo, a começar pela Avenida Paulista – "Você gostará de caminhar a pé de uma ponta à outra, Carolina". Suportou, sem o típico ressentimento das abandonadas, que o marido a trocasse por uma jovem sobrinha dele, recém-chegada da Itália (e vejam que ironia: não é que a moça se chamava Almetta?). Estranhamente, foi para mim a feminista mais influente – sem teorias ousadas ou discursos sentimentais, ela fez o que bem quis de sua quase centenária vida. Tia Alma seria motivo suficiente para fixar a palavra em minha mente – mas não é o único.

Durante muitos anos, rezei para as almas do purgatório lembrarem de acordar-me às seis da manhã. "Peça com fé, e elas não falharão", garantia minha pragmática mãe. Um hábito incomum, suponho. Quem mais nesse mundo cogitaria o apelo a espíritos que aguardam redenção nos portões celestiais, suplicando que, pontualmente, desçam à terra para evitar que uma adolescente atrase no colégio? Para mim, ainda é um mistério que minha mãe preferisse clamar por ajuda transcendente em vez de comprar um despertador a pilha. (Vim, depois, a aprender no catecismo que devemos rogar para que as almas sejam purificadas e levadas aos céus, o que sempre me pareceu quase o mesmo que a condenação a um inferno: aguardar numa sala de espera lotada onde os mortos dependem de que, lá da vida terrena, alguém se lembre de reivindicar a Deus uma vaga no paraíso. Descobrir subitamente que foram inúteis todos os seus esforços para ser uma pessoa menos vil, menos nociva – e que nada disso importará tanto para a conquista da eternidade quanto a oração alheia. E se eu for lembrada apenas com uma efêmera saudade, sem que advoguem por minha salvação? E quando, coisa ainda pior, sequer o nome dessa pecadora restar na mente de um ser vivente? Continuarei, então, por séculos infinitos, confinada na sala de espera dos agoniados?)

Quando ganhei um relógio de brinde na embalagem do xampu, com números e ponteiros que brilhavam no escuro, nunca mais rezei às almas, contudo, não me esqueço delas ("O que seria de nós sem o auxílio do que não existe?", perguntava o escritor Paul Valéry – e tinha razão). Muitos anos depois, entendi que a branda luminosidade do amanhecer, que vai devagar adentrando pelas frestas da janela do quarto, é o que propriamente tem o poder de acordar nossas células do repouso noturno, mas isso não apagou minha experiência juvenil diante do purgatório. Ainda gosto de pensar que a ternura possa vir de lugares inesperados, se tivermos fé.

Alma é, também, a menina que conheci, há uns meses, no pequeno restaurante de sírios refugiados. Pronunciar seu nome é recriar um elo instantâneo entre nós, é lançar a palavra mágica que faz seus olhos negros e assustados, de repente, enxergarem alguém que não deseja machucar sua família, nem destruir sua casa. Alma deve ter uns 8 anos. É verdade que tem longos cabelos, mas todo o resto do corpo atesta uma infância latente, atônita de medo, uma infância que ainda não foi vivida. Junto a outros quase seis milhões de pessoas, sua família deixou o país rumo a lugar nenhum. Digo seu nome sorrindo, quando a vejo atrás do balcão, e imagino que ela entenda meu pensamento mudo: "Aqui você está salva, Alma".

O curioso é que esses acontecimentos são capazes de enredar as palavras, cercando-as de fios que impedem o esquecimento ou, bem ao contrário, podem tornar insuportável a recordação. Freud voltou-se muitas vezes, do início ao final de sua longa obra, àqueles episódios que parecem – mas não são – somente efeito de certo descuido. *A psicopatologia da vida cotidiana* foi um texto publicado no formato de livro em 1904. Décadas à frente, em 1935, e num de seus últimos textos, ele retoma o tema em "As sutilezas de um ato falho", breve trabalho em que ele tenta compreender por que fez uma imprópria troca de palavras num bilhete escrito ao joalheiro. Distração esperada num homem tão atribulado, poderíamos concluir. Mas Freud intuiu que a palavra equivocada carregava, em si, uma pista a ser decifrada. Ao oferecer muitos outros exemplos não clínicos, defendeu que os lapsos nada têm de incidental, pois revelam, justamente, os afetos que evitamos reconhecer.

Nunca saberemos o que o taxista sentiria se encarasse a palavra "Alma". Saudade da mulher que o deixou, junto aos arrependimentos infindos pelo que ela pedia, pedia, pedia... e ele não fez a tempo? Mágoa do pai rigoroso, tantas vezes bruto e injusto, um homem desalmado? Cansaço de viver eternamente no purgatório, desde aqui e agora, como uma alma penada esquecida por Deus, uma boa alma destinada a, monotonamente, levar turistas pelas ruas de Cartagena? Todos nós guardamos palavras soterradas, escondidas à força num lugar íntimo onde repousam.

Todos, diariamente, queremos esquecer.

O que não fizemos
Cláudia Antonelli

É interessante observar o fenômeno do livro que se torna best-seller: o que faz com que milhares de pessoas leiam o mesmo livro? O que as toca? O que as envolve e as captura? Para além, claro, da propaganda e do fenômeno do contágio.

No mundo, *Harry Potter* liderou mais de uma década; a saga *Crepúsculo* andou junto. Nos Estados Unidos, dois livros de Barack Obama se tornaram best-sellers após seu mandato (e sua principal fonte de renda, disseram as más línguas). *O Código Da Vinci, O caçador de pipas, A vida de Pi, Persépolis, Marley e Eu* também tiveram seus lugares de grande destaque.

No Brasil, no ano em que escrevo esta crônica, sites indicam que a obra de Edir Macedo lidera as leituras em nosso país. *A culpa é das estrelas, Cinquenta tons de cinza, Ansiedade, O Pequeno Príncipe, Cinquenta tons mais escuros* e, depois, *Cinquenta tons de liberdade*, junto com *Os segredos da mente milionária*, também constam na listagem.

Deixo o pensamento "diga-me o que lês, e direi quem tu és" de lado por um instante, para seguir procurando sobre os livros mais vendidos no mundo. Deparo-me com uma história interessante. Em 2009, sem maiores pretensões, a enfermeira Bronnie Ware escreveu um singelo artigo a respeito de sua experiência com pacientes em fase terminal – geralmente em seus três últimos meses de vida –, lá no hospital australiano onde trabalhava. Dois anos depois, seu artigo não somente se transformaria em livro, mas num best-seller mundial: *The top five regrets of the dying*, traduzido para o português como *Antes de partir – os 5 maiores arrependimentos que as pessoas têm antes de morrer*. Mais que isso, seu livro, para a surpresa da autora, foi também traduzido para trinta outros idiomas, incluindo o português.

A razão do rápido sucesso global da autora suspeito compreender: conscientemente ou não, Bronnie tratou de um assunto que nos toca a todos, sem exceção. A imensa população mundial, independentemente de nacionalidade, língua, cultura, gênero, time de futebol, religião ou dinheiro – o que todos temos em comum são a vida e a morte.

Da vida, tratamos – ou tentamos – o tempo todo. Já da morte... é preciso alguma distância, parece-me, ou um lugar apropriado, para que se possa falar dela. É o grande mistério, o grande fato indômito da vida. Criamos uma centena de teorias, explicações, adjacências, filmes, poemas e ficções – para nos acercarmos dela. Implacável, incontornável, inefável morte.

Justamente, diz Bronnie: seus pacientes não queriam muito "tocar no assunto" que sempre rondava por ali, a ala daquele andar. Algumas vezes, sim – as fantasias, os medos, a angústia de não saber como seria, de fato, morrer. Sobretudo, elas preferiam era falar da vida: dos parentes, dos netos, dos filhos que trabalhavam em não sei qual país; dos bichos de estimação, da casa, dos vizinhos, das suas infinitas histórias. Da vida. Ansiavam – quase invariavelmente – pela continuação dela.

Curioso instinto-desejo este que nos liga a ela. Na hora *h*, queremos é viver – seguir vivendo. Não importa se há dívidas, pendências, tristezas, incertezas, solidões. Não importa nem se há um diagnóstico para a morte. Quer-se viver.

Os pacientes de Bronnie Ware encontravam-se nesse preciso momento, tão delicado, da hospitalização. Geralmente, passariam em breve por uma cirurgia determinante – outras vezes, acabavam de fazê-lo e necessitavam ainda o tempo da cura. Momento vulnerável que convida o indivíduo a olhar para si e para sua história, uma espécie de momento à flor da pele da *própria biografia*.

E, aí, a autora teve esta ideia criativa de "dar voz" (e depois papel) às falas dessas pessoas, e o resultado foi bonito. Estatísticas feitas, vejam o que mais disseram, na síntese de seus depoimentos. Essas pessoas queriam:

- Ter vivido a vida que desejavam – não aquela que os outros "esperavam delas".
- Ter trabalhado menos.
- Ter tido mais coragem de expressar seus sentimentos.
- Ter estado mais perto de seus amigos e pessoas queridas.
- Ter se feito mais felizes.

Bronnie concebeu, então, que se remetiam a uma espécie de arrependimento: *o que não haviam feito em suas vidas*. Contavam o que haviam realizado e conquistado, mas ressentiam-se do que não haviam feito: o presente que não deram; o filho que não tiveram; a viagem que não realizaram; o amor que não viveram. Na voz de alguns, a coragem que não ousaram.

Hoje consultora, Bronnie viaja o mundo ensinando em palestras e cursos "como viver uma vida livre de arrependimentos". Qual será a fórmula?

Antes
Carolina Scoz

Estávamos a caminho de Auschwitz, campo de concentração na Polônia onde morreu cerca de um milhão de pessoas – em sua maioria, judeus – durante a Segunda Guerra Mundial. O número é impreciso, já que o método de extermínio foi bastante eficiente em apagar vestígios. De 1940 até 1945, lá chegavam trens de muitas partes da Europa, trazendo carregamentos de indivíduos.

Apavorados.
Famintos.
Exaustos.

Na plataforma de desembarque, oficiais nazistas selecionavam quem poderia resistir ao trabalho forçado, sob estado de quase inanição. Em um instante, estava decidido o veredito de cada um dos inocentes daquela fila infame. Os aptos perdiam familiares, perdiam os escassos bens que traziam, perdiam roupas, cabelos, nomes – a partir daquele dia, eram prisioneiros. "Nada possuímos a não ser, literalmente, nossa existência nua e crua", escreveu Viktor Frankl, um dos poucos sobreviventes, em sua autobiografia.

Os inaptos (crianças, grávidas, idosos, enfermos, deficientes) eram, sem demora, sufocados em imensas câmaras de gás. Dez minutos bastavam até que todos morressem. Logo depois, seus corpos desapareceriam para sempre nos crematórios. Não sei por qual razão supus que as cinzas fossem sempre lançadas no afluente do rio Vístula, que margeia ambos os campos: Auschwitz e Birkenau. Posso ter lido em algum texto equivocado, mas é bastante provável que eu tenha inventado esse desfecho mítico para um encadeamento de tragédias individuais que é aniquilador do começo ao fim. Uma sequência maquinal de crueldades destruidoras – e nada mais.

Cadáveres esfacelados em fornos são o radical oposto de corpos entregues a uma cerimônia de adeus. Somente lá eu descobri que as toneladas de resíduos eram úteis à produção de fertilizantes agrícolas e ao pavimento de estradas (titubeio ao procurar um substantivo. Restos? Dejetos? Fragmentos? Como chamar a última substância de uma vida trucidada? Como escolher uma palavra que não objetifique, por completo, um ser que morreu submetido às piores formas de desumanização?). Nada se desperdiçava num campo de concentração. Havia uma somatória de inteligências obstinadas no alto comando daquela engrenagem produtiva.

Lembro-me da paisagem monotonamente coberta de gelo. Aqui e ali uma mancha de neve acinzentada que se petrificou sobre a vegetação devastada pelo inverno. Havia um sol tímido demais para abrandar o frio. Lembro-me do casal de italianos nos bancos da frente do ônibus conversando sobre algo bom, já que sorriam um para o outro. Lembro-me de que não estava cansada, mas fechei os olhos quando vi que ainda faltavam quase 200 quilômetros do trajeto, que parte de Varsóvia para Oświęcim (nome polonês de Auschwitz). Uma amiga me dissera que um interminável tapete de girassóis se estendia ao horizonte. Não vi girassóis; nem flores nem caules. Quem sabe renasçam na primavera, salpicando de amarelos e verdes a planície ressecada, ou talvez ela, uma escritora de obras ficcionais, tenha preferido reinventar sua memória sobre aquela rota desolada que levava famílias inteiras até um matadouro.

Em algum momento, dormi encolhida sob o casaco de nylon, que, dobrado em quatro, improvisava um travesseiro. Despertei quando o motorista abriu a porta, num solavanco. Foi o primeiro interlocutor que, naquele dia, impressionou-me pela resistência a falar. Respondia, com gestos mínimos, o que lhe perguntávamos. Depois, vieram outras tantas pessoas: cidadãos que pareciam ter emudecido por serem lembrados, permanentemente, das atrocidades que a cidade polonesa foi obrigada a hospedar. Um ponto turístico que não é visitado por belezas naturais ou arquitetônicas, pela gastronomia ou cultura. Lá não há castelos, nem hotéis charmosos, nem museus com acervos valiosos e acolhedoras cafeterias.

Oświęcim vale porque foi Auschwitz.

Coisa desgraçada é acordar uma vida inteira em Oświęcim.

Oświęcim apenas existe porque guarda escombros do massacre nazista.

O barulho inesperado arrancou-me de um sonho: eu sentada numa loja de chá que visitara um dia antes, feita de grandes latas com ervas aromáticas e prateleiras repletas de chocolates, geleias e biscoitos. Um lugar onde entrei para fugir do ar gelado das ruas. Onde segurei firme uma xícara de rooibos com lavanda, sentindo o vapor perfumado aquecer meu rosto, e ouvi da balconista explicações pacientes sobre cada um dos rótulos que, grafados em língua tão exótica para mim, eram incompreensíveis.

Como quem agarra uma bebida fumegante com mãos trêmulas, ou apela a quem possa traduzir um idioma desconhecido, a mente humana tem lá seus recursos de salvaguarda. Quando dormimos – ou deliramos –, podemos adiar o sofrimento intrínseco a certas experiências, não importa se por dias ou horas.

Nada me comoveu mais nesses campos de extermínio do que a incessante humilhação. Metódica.

Onipresente.

Progressiva.

Implorar pela clemência de algozes. Jogar-se no chão por cascas podres de batata. Suportar calado a fome e o frio. Engolir o choro do luto por quem lhe foi arrancado. Ser uma resignada criatura indigna e indecente. Dez minutos encerravam todas as vidas trancadas nas câmaras de gás. Isso me pareceu quase uma salvação em meio ao inferno: desaparecer antes que a miséria se instalasse por dentro, matando lentamente. Morrer enquanto ainda se está vivo e não como um fiapo moribundo.

Foi essa a percepção que o sonho antecipou ao acolher-me numa loja de chá, antes que eu testemunhasse as marcas do horror sobre as quais todos aprendemos em filmes e livros. Até que estão ali, em sua factualíssima realidade, onde o silêncio aflito, o vento gélido e o cheiro triste de coisas a decomporem-se provam-nos que não estamos sonhando. Aquilo tudo aconteceu – aquilo de que apenas tínhamos notícia. Por décadas, pudemos abrandar a vileza, poupar as vítimas, ao menos um pouco. Agora, os vestígios falarão, sem piedade (e não será para isso que são levantados os memoriais – para confrontar a banalização dos acontecimentos, esse nosso talento atávico?).

Um breve enredo onírico que oferece alimento, companhia e proteção – necessidades humanas deliberadamente violentadas numa guerra – torna-se, então, uma espécie de consolo antecipado. Gesto de ternura, antes do trauma iminente. Refúgio, antes do pavor. Há tempos em que precisamos dessa espontânea (e efêmera) autocompaixão, uma das funções do sonhar. Então, adormecemos, migrando para o único lugar do mundo onde ninguém jamais poderá acabar conosco de vez.

O Papai Noel, o coelho da Páscoa e a Mega-Sena da Virada

Cláudia Antonelli

A fantasia necessária à criança no processo de construção de sua mente acolhe em si um Papai Noel encantador, misterioso e amoroso, mistura de bom avô com boa avó, uma vez que é, ao mesmo tempo, provedor de presentes, mas, também, de carinho, colo e abraço – ainda que, às vezes, um pouco suado.

Essa é a figura daquele que, uma vez ao ano, vinha lá de longe (não se sabia muito bem de onde) até onde quer que estivéssemos – a nossa casa. E isso nos mantinha sempre (enquanto a fantasia durou) no anseio por seu retorno em dias especialmente prazerosos do ano.

Ah, a magia do Natal! Pouco importa se nosso país é tropical e não tem renas nem neve nem duendes, pouquíssimas lareiras por onde ele costuma entrar... Ele – nossa fantasia em projeção – se concretiza e vem ao nosso encontro. Nada melhor!

Na criança, isso é natural. Sua mente é particularmente propícia à fabulação, quando isso não lhe é roubado cedo demais. O *princípio do prazer* – mais que qualquer outro – regendo sua lógica, seus desejos, suas construções.

Até que, um dia, mais cedo ou mais tarde, ele, o Papai Noel, é-nos desmascarado. Costuma ser um primo mais velho ou mais chato, um "amigo", alguém que, junto de nossas suspeitas, acaba por nos confirmar: "O Papai Noel não existe". Uma pausa para a retomada do fôlego e do prumo. Temos de convir: seus efeitos, desse velhinho barbudo e sorridente, sobre nós foram um dia poderosos.

Assim como para muitos foi o coelho da Páscoa, esse nosso amigo favorito, ainda que fugidio, que se empenhava em deixar-nos ovos de chocolate de maneira misteriosa e lúdica, desafiando nossa capacidade de descobri-lo, desvendá-lo – conhecê-lo, por fim! Em cada família, esse enredo será particular, único e, para muitos, inesquecível.

Daí, mais à frente no tempo, chega a possibilidade de ganhar na Mega-Sena e de ver todos seus problemas – ou pelo menos vários deles – extintos.

É fácil entender. Em 2021, havia um ápice de nada menos de 62,5 milhões de brasileiros abaixo da linha da pobreza, o equivalente a 29,5% da população, sobrevivendo com menos de R$ 16,20 por dia, dizia-nos o IBGE.

Até alguns dias atrás, acreditava-se que alguém sempre ganhava no sorteio, e isso garantia a democrática e infalível chance a todos: "Alguém sempre ganha". Poderia ser eu ou você – se jogássemos, claro. De uns tempos para cá, porém, há dúvidas se a chance é, de fato, democrática ou se seria mais uma valeta da corrupção num país banhado por ela (é o que as notícias nos jornais têm veiculado atualmente). Resta saber.

De qualquer maneira, não intenciono estragar prazeres aqui, mas pode ser que o grande prêmio da loteria – a majestade Mega-Sena, sobretudo a "da virada" –, essa generosa soma de dinheiro vinda sei lá de onde (quem sabe da Lapônia, como o próprio Papai Noel?) ao meu encontro, ocupe em nossa mente adulta algo do lugar daqueles sonhos-fantasias de outrora, e, sobretudo, do prazer que nos proporcionavam.

Seu encanto sobre nós – não o da realização, já que pouquíssimos passam de fato pela experiência de serem sorteados –, mas o encanto que confere a mera possibilidade de que isso ocorra, logo a partir do momento da aposta, se faz presente. *"Vou comprar uma casa... vou dar uma casa para... vou viajar o mundo... Vou"*.

E dizendo assim, palavras carregadas pelo desejo de que o encontro se torne realidade, não importando a ínfima porcentagem (caso exista), a vida real parece ser, neste intervalo, mais suportável. Apaziguada, como com a espera do Papai Noel ou do coelhinho: eles demoram, mas chegam. Momentos mágicos que repetem de forma abreviada, entre a aposta e o sorteio, algo daquele deleite da infância.

Mais que isso, no caso da aposta na Mega-Sena: por alguns instantes, é como se a dor do querer e não ter diminuísse sua chama enquanto me autorizo a sonhar, ou... fantasiar. Esse sonho-fantasia, que, não dá para negar, tem também seu efeito balsâmico.

Até que surja, novamente, a dura e amarga revelação da realidade: não foi desta vez.

Inventário de palavras
Carolina Scoz

Tinha chegado ao fim, ela sabia. Por isso, precisava esquecer. Leu, certa vez, que as lembranças ressurgem diante de pistas mnemônicas. São evocadas, definia o neurocientista Ivan Izquierdo (aliás, um nome que ela jamais esqueceria: Ivan foi seu primeiro gato, um fiel companheiro de solidão na adolescência). Estamos distraídos, até que, de repente, uma coisa à toa leva nossa mente para um episódio tão remoto que nos espantamos ao perceber que não foi soterrado, de uma vez por todas, pelos acontecimentos recentes. Voltamos a sentir agora o que era passado – isso porque a recordação está latente, num quarto escuro e atemporal, onde pode, a qualquer momento, reacender sua chama. Basta uma tênue faísca. Por isso, decidiu fazer um inventário de palavras, como uma lista de bens patrimoniais – mas não para assumir a posse. Ao contrário, listava para destituir de valor, depreciar, depredar. Dissolver a resistente amálgama que fundiu sentimentos e memórias. Pensaria nele apaticamente. Avistaria aquele grande espectro semovente, vindo pelo corredor do shopping vazio, numa tarde de segunda-feira, e o coração dela pulsaria inalterado. Poderia ouvir sua voz ecoar num bistrô, logo na mesa ao lado. Ou sentir o perfume dele a emanar de alguma poltrona, na escuridão do cinema. Em qualquer lugar do mundo, e para sempre, ele seria qualquer um.

Amor

Era um homem que gostava de citar poemas do Drummond. "Na curva perigosa dos cinquenta derrapei neste amor", ou "O amor bate na porta, o amor bate na aorta...", ou, ainda, "Que pode uma criatura, senão, entre criaturas, amar? Amar e esquecer, amar e malamar, amar, desamar, amar? Sempre e até de olhos vidrados, amar?". Revelava-se aficionado por frases que usassem a palavra *amor*, embora nunca tivesse conjugado o verbo para ela em primeira pessoa: "Eu te amo", "Eu te amarei pela vida afora", "Eu te amaria até debaixo d'água", declarações explícitas dessa natureza. Lembrar da palavra *amor* incitava desconfiança: será que ele realmente me amou? Preferiu livrar-se de Drummond em vez de viver ruminando essa questão irrespondível. Virou ao contrário todas as lombadas de obras em que, num relance, seus olhos viessem a pousar sobre o nome do poeta. Esse amado mineiro de Itabira ficaria temporariamente banido da estante de livros, ainda que nada tenha feito para merecer tal condenação.

Latte

Achou que fosse brincadeira quando ele chamou o garçom, dizendo a frase em tom solene: "Eu quero um *latte*, não um pingado". Tinha convicção de que, ao dizer *latte*, a bebida vinha mais densa e fumegante, inclusive porque a sonoridade italiana criava uma atmosfera gastronômica. Pura superstição, fruto de coincidências. O problema central em concordar com isso era o mal-entendido nas padarias: quase sempre a moça do balcão franzia a testa e, ao final, era preciso traduzir o que ele tentara dizer ao usar um estrangeirismo desnecessário: "Ele prefere o café por baixo e a espuma de leite por cima, sem misturar tudo, pode ser?". Palavra esnobe e ineficiente; nunca mais queria pronunciar *latte*, nem se estivesse na cafeteria mais elegante da Itália.

Monalisa

Na primeira viagem que fizeram a Paris, insistia que era impreciso chamar de *Mona Lisa* a famosa pintura de Leonardo da Vinci se o nome original era *La Gioconda*, uma dúbia pista que ainda hoje confunde os estudiosos. Essa palavra, que alude a "mulher alegre", também pode ser uma referência ao sobrenome da moça risonha – isso porque a teoria mais aceita é a de que a pessoa retratada seja Lisa Gherardini, italiana nascida em Florença, cujo romântico marido, Francesco del Giocondo, teria encomendado a obra ao pintor. Na ocasião, ela se divertiu com aquele rigor desnecessário, sem perceber o radicalismo, que depois se provaria bastante cansativo nos anos em que moraram juntos. O convívio diário fez cada vez menos cômico aquele homem que tinha a palavra final sobre qualquer assunto e que, por ser assim, não recuava, mesmo se ela perguntasse com a máxima ternura: "Querido, isso é tão fundamental?".

Doida

Palavra trivial, se usada como sinônimo de louca, biruta, maluca, pirada, daí as expressões: "doida varrida", "doida de pedra", "doida de hospício". Em alguns casos, é útil para indicar tão somente a força de um querer: "Doida por você". Um emprego que, aliás, inclui paixões bastante frívolas, como "doida por botas de salto fino" ou "doida por liquidações". Foi ele quem subverteu o uso de *doida*, atribuindo um inusitado sentido afetuoso a uma palavra coloquial e censuradora. "Você é doida", quando ele pronunciava, rindo, era para confessar: "ainda bem que encontrei você". Comovia muitíssimo o ressoar dessa afirmação.

Confeitaria

Queixava-se de trabalhar exaustivamente quando ia ao Rio de Janeiro. Não havia tempo sequer para um cafezinho fora da empresa. Foi um duro golpe, portanto, descobrir aquela fotografia acidental no Instagram: duas moças sorrindo para a câmera fotográfica que o braço dele segurava, tentando captar a melhor imagem do trio e, ao fundo, os vitrais coloridos da tradicional Confeitaria Colombo. Evitaria todas as confeitarias daquele momento em diante. Por muitos anos, tentaria desconsiderar a existência de Colomba Pascal, Cristóvão Colombo e, inclusive, Colômbia, país cujo nome é uma homenagem ao navegador-explorador-genocida. Ed Motta que cantasse sozinho a música que ela adorava: "Colombina... Seja minha menina, só minha... Bailarina... Mandarina da China, rainha..." Aquele refrão jamais sairia de seus lábios.

Fernando Pessoa

Costumava enviar textos apócrifos, certamente nunca escritos por qualquer dos vários heterônimos do grande escritor português. Se é verdade que a sensibilidade inventiva de Fernando Pessoa era demais para uma única voz narrativa, também não se pode negar que nenhum daqueles personagens tinha vocação para arrebatar corações femininos. Exceto ele próprio, quando assinava "Fernando" ao final das cartas para sua amada Ophélia Queiroz, mulher que, inclusive ao ser abandonada, teve a sorte de ler palavras tocantes. "Fiquemos, um perante o outro, como dois conhecidos desde a infância, que se amaram um pouco quando meninos, e, embora na vida adulta sigam outras afeições e outros caminhos, conservam sempre, num escaninho da alma, a memória profunda de seu amor inútil e antigo". Ela nada comentava ao receber frases bestamente atribuídas a Fernando Pessoa; não queria constrangê-lo, acusando sua ingenuidade literária. A verdade é que gostava daqueles poemas de amor rasgado e intenso. Importava pouco se quem tivesse escrito fosse um dos maiores poetas do século XX ou um anônimo trovador da internet, desses inseguros demais para se fazerem identificar pelo nome real.

Grécia

Nem por um segundo ela riu ao ouvir o apelido. E pediu que ele parasse de repetir. Suas reações evoluíram da solicitação educada ao choro descontrolado. Afinal, Hera foi trapaceada. Recusou o amor de Zeus, intrépida, durante trezentos anos. Por fim, cedeu, quando ele magicamente transformou-se num pássaro, que, para se proteger da chuva, aninhou-se entre seus cálidos seios. Encantada e apaixonada pela impetuosa ave, era tarde demais para resistir ao deus mulherengo – por toda a eternidade, viveria a perseguir as amantes do marido e os filhos bastardos dessas cópulas infiéis. Ninguém deseja para si o destino de Hera. Evitaria pensar em mitologia grega, iogurte grego, ilhas gregas, *Zorba, o grego*, arroz à grega – qualquer referência indireta à terra dessa esposa atormentada.

Pistilo

Quando ela comprava lírios-brancos – sem dúvida alguma, sua flor predileta –, ele advertia que os pistilos são tóxicos para gatos. Era cativante notá-lo preocupado com Oliver. Logo ele, que tinha alergia; sobretudo tinha preconceito contra felinos domésticos. Ela gostava de ouvir *pistilos*: de algum modo, o som remetia à delicadeza de coisas evanescentes: talco, nuvem, borboleta, chantili. Dizer *pistilo* o fazia parecer um homem benigno, confiável, invulgar – quase milagrosamente, quem ela sonhara encontrar. Um homem que jamais a machucaria com traição ou frieza. Quando jurou a si mesma que lutaria contra essa ilusão apaixonada, começou abolindo *pistilo*.

Rotatória

Durante os 180 quilômetros de engarrafamento até Búzios, em plena véspera de Carnaval, ele mostrou cada ocorrência de uma rotatória, para enfatizar que "balãozinho" estava incorreto. Ficou claro, naquele percurso, que ele preferia termos vernáculos, presentes em dicionários da língua portuguesa. Ela, por sua vez (e não que fosse por descuido ou preguiça), inventava nomes líricos – tal como "balãozinho", por exemplo. Ele dizia "viaduto"; ela, "ponte alta". Ele dizia "semáforo"; ela, "luzes coloridas". Ela dizia "cataventos gigantes", o que era inadmissível para ele, por se tratar de "torres de energia eólica".

Enófilo

Desde menina, gostara de uva, a fruta. Qualquer uma. Verde ou vermelha. Sem sementes ou aquelas da ceia de Natal, que se veem, em caixotes, nas beiras de rodovias. Pinot, Sauvignon, Merlot, Cabernet, Syrah, Tannat, Chardonnay – quem imagina que exista tão complexo universo de uvas, vinícolas e safras? E quem, além de um apreciador, publicamente bochecha um gole de vinho "para excitar a camada inteira de papilas gustativas", fazendo da bebida um enxaguatório bucal que é engolido após sacolejar de um lado para outro? Até namorar um enófilo de confraria, nem sabia que escolher um vinho tinto num jantar exigia aquele longo ritual de degustações e esclarecimentos para se chegar ao veredito final. Por sorte, champanhe era muito diferente de outros vinhos. Frisante e prateado como uma água tônica serenamente a borbulhar, em nenhuma circunstância desaponta quem o chama por esse nome simples. Tivesse ela razões extraordinárias para celebrar, ou sentisse uma solidão danada no vazio de seu apartamento, ou apenas quisesse atenuar a sede de maneira irreverente, para todo o sempre pediria champanhe.

Um inventário de lembranças amorosas é coisa que não termina.

Um conto de amor
Cláudia Antonelli

> *"Ser psicanalista é saber que todas as histórias terminam falando de amor", teria dito Julia Kristeva.*
> Eu suspeito que ser cronista também.

"E o amor olhou para o tempo e riu, porque sabia que não precisava", diz o primeiro verso de um poema de Luigi Pirandello, intitulado *Il tempo e l'amore*. Curiosamente, a frase acaba assim mesmo – "não precisava" –, sem *de*: tal qual um verbo intransitivo, não precisava de nada, nem de ninguém. Simplesmente, não precisava.

Naquele dia, eu havia ido caminhar numa daquelas belas trilhas de terra, como faço em certos momentos quando algo fundamental me ocorre e desejo pensar caminhando, cercada por árvores e plantas, enquanto adultos, crianças e cachorros passeiam.

"O amor não precisa", eu pensava. Existirá sem nada? Sem nada, nem ninguém, sobre onde ficar. Sem uma tela onde arranhar seus riscos, deslizar suas tintas, seu colorido? Existirá em estado latente, dentro da gente, adormecido? Aguardando, então – se é que aguarda –, uma pista onde pousar? Onde pousar-nos: nossa mente, coração, nosso olhar em estado de espera daquele outro. Se assim for, existiria em silêncio e independeria de nós mesmos? O amor não precisa.

Até o dia em que encontra, talvez muito por acaso, esta tela, e nela, por alguma razão misteriosa, passa a viver também fora da gente. Toma forma, peso e profundidade – e queima, feito cerâmica ao forno, solidificando-se: "(...) por radiação térmica, aquecendo os corpos cerâmicos no interior do forno até o nível que as transformações químicas acontecem".

Num dia inusitado em minha adolescência, vi pichado sobre um muro em pleno cruzamento de avenidas em minha cidade: "Quebrar a prisão do dia a dia, através da paixão. Shakespeare – by Patty". Estive sob o impacto dessas palavras ao longo de dias, semanas, anos talvez.

Sabia já de partida, ali, no auge de meus 17 anos, que elas caminhariam comigo, como já faziam naquele instante. De maneira imprecisa, no início. Afinal, nem mesmo Shakespeare muito bem eu conhecia – e o que Patty exatamente dizia?

Palavras, por vezes, não precisam de sentido imediato. Como as músicas em línguas estrangeiras ou as obras de arte: é algo que vem junto do todo e, de alguma forma, nos toca, em outra dimensão da comunicação.

Mais do que algo a ser decifrado, percebi que precisaria ser vivido, para, então, ser talvez apreendido: eu mesma precisaria quebrar minha própria prisão. E, talvez, transformá-la em amor.

Que agora, anos depois, retorna-me aos dizeres de Pirandello: "O amor não precisa" – de nada nem ninguém. Ou, ao menos, assim ele acredita – o amor, de tão livre que é. Livre de nós mesmos, tão aprisionados que somos, talvez – em nosso quotidiano, em nossas regras e rotina.

Humanos, precisamos de tanto! De cuidados e de cuidar, de enredos, histórias para contar, de promessas, provas e explicações; de rituais – de sonhos e de ilusão. Um verdadeiro *imbróglio*!

Afinal, depois deste tempo, quem mais tinha razão – Pirandello ou Patty? Confesso um carinho – este há tempos preservado – pelas palavras de Patty, enquanto as de Pirandello agora me intrigam. E onde começa um e termina o outro, se é que começam e terminam assim, tão inequivocamente? É somente certo que, para cada um, essa história será toda diferente e única, pois autobiográfica.

Contudo, desde aquele – ou deste – cruzamento de avenidas, uma coisa tenho refletido: enquanto vivermos, haverá sempre amor em nós, por viver.

Uma porção ainda desconhecida, não vivida – uma quota deste amor teimoso, independente; que, sorrateiramente, insiste em renascer, ser paixão, e viver.

O amor não precisa, diz Pirandello – mas desconfio que deseje manter-se vivo, para, por fim, manter-nos vivos, a nós, também.

Contudo, o conto de amor, começa agora:

Naquele dia, ela havia notado algo diferente nele. Ela já o conhecia, havia algum tempo até. Mas – naquele dia, parecia de fato haver algo diferente nele, em seu olhar aparentemente distraído, olhar que, em certo momento, veio franco ao encontro do dela, e ela percebeu. Ou seria algo diferente no dia ou, ainda... seria nela?

A estupidez vista de fora
Carolina Scoz

Os afetos brutos

Ainda no primeiro capítulo você se questiona: por que mesmo estou relendo a história fictícia da perseguição fracassada a uma baleia, temida por supostos ataques a grandes embarcações? No meu caso, uma razão é a escrita de Herman Melville, feita de imagens potentes e sensuais.

> Era um dia claro, de um azul metálico. Os firmamentos do ar e do mar nem se separavam naquele azul que tudo permeava; a única diferença era que a brisa melancólica tinha uma transparência pura e suave, com uma aparência feminina, e o robusto e masculino oceano erguia-se em longas, fortes e persistentes ondulações, como o peito de Sansão durante o sono.

Não há indagações ou controvérsias que nos levem pelas quase setecentas páginas. *Moby Dick* é o enredo mais simples que existe para resumir. Todos os homens a bordo morrem, exceto um, Ismael, o narrador. Agarrou-se a um caixão no naufrágio – logo essa dura vestimenta da morte salvou-lhe a vida. Todas as baleias caçadas morrem, exceto Moby Dick, uma cachalote branca enfurecida pelas sucessivas tentativas de abate que a feriram, deixando cicatrizes e restos de arpões pelo imenso corpo. Por fim, o único sobrevivente volta para casa, humilhado pela resistência da natureza diante da prepotência humana.

Lamentavelmente, num átimo eu devolveria à gôndola da livraria esse volume de letras minúsculas se dependesse da habilidade persuasiva da apresentação na contracapa. Não me entusiasma conhecer sujeitos obcecados por dominar um mamífero aquático tão indiferente a nós – mesmo que assuste pelas dimensões, certamente não está interessado em atacar pessoas, apenas deseja sobreviver num mundo em que somos uma inconveniência onipresente. Terras, céus, mares; quase já não resta vida selvagem, livre da civilização. Para os animais, raramente essa aproximação compulsória traz benefícios. Confinamos, torturamos, matamos. Na melhor das hipóteses, transformamos a vida animal em objeto de exibição e diversão, a serviço de nossas vontades narcísicas. Desejamos entretenimento, o que não é um pecado – mas e quando roubamos um filhote de seu bando e submetemo-lo a uma opressiva jaula solitária, apenas porque gostamos de fotografar seus malabarismos e gracejos? Estatisticamente, é raro que consiga defender-se de nós, fugindo ou agredindo. Somos eficientes colonizadores, de todos os seres vivos – de ínfimas bactérias a multidões de *Homo sapiens*.

Uma força atraente emana desse relato, e, por certo, não é a excitação de descobrir se Ahab e sua tripulação, por fim, liquidarão a baleia. Obras consagradas têm o desfecho excessivamente devassado; a quase ninguém é surpresa que Moby Dick escapará. A trajetória obstinada desses anti-heróis, rumo a uma conquista que nós, leitores, sabemos que terminará em desgraça, talvez seja o que, irresistivelmente, prende nossos olhos. Um experiente marinheiro deixa mulher e filho em solo, dessa vez para uma empreitada de grande risco, já que não consegue reconhecer o fracasso iminente. Perderá a vida tentando provar, em vão, que conseguiria, sim, reencontrar a baleia que um dia lhe arrancara uma perna. Convicto de que não erraria o golpe mortífero quando voltasse a encará-la, renuncia ao propósito comercial de um navio baleeiro do século XIX, transformando em revanche o que poderia ser apenas mais uma caçada a essa colossal fonte de matéria-prima na época pré-industrial. Naufragará no sonhado embate, arrastando às profundezas o destino de quem o seguiu em sua odisseia vingativa.

> Ah, Ahab, não é tarde demais, mesmo agora, no terceiro dia, para desistir. Olha! Moby Dick não está atrás de ti, tu é que a persegues insanamente!

Quem tenta adverti-lo é Starbuck, num esforço inútil para refrear a cega obsessão do capitão (dissuadir um fanático é tarefa quase sempre impossível. Seu pensamento é uma fagulha incendiária, um minúsculo concentrado de matéria que não se transforma. O que faz é se alastrar pelos terrenos onde a superfície é mais ressecada e infértil. Ademais, quando a mente fanática está em chamas, nossas sensatas palavras são totalmente impotentes ou, pior ainda, são fragmentos inflamáveis que animam as labaredas do fogo raivoso). Não importa o quanto os personagens a seu redor clamem por algum juízo: Ahab prosseguirá.

Um pouco de perdão

Ao tentar compreender o vigor de personagens trágicos – isto é, porque não se tornam antiquados ou descartáveis à medida que jorram novos best-sellers –, Umberto Eco (*Confissões de um jovem romancista*, 2018) propõe uma curiosa hipótese: como muitos de nós, há seres literários que mergulham, cada vez mais, no abismo que insistem em cavar com as próprias mãos. Sem antecipar para onde estão indo cegamente, seguem resolutos. Não conseguimos detê-los. Podemos até sentir compaixão, mas assistimos calados ao instante em que Édipo decide buscar os verdadeiros genitores (sabemos que ele matará o pai, desposará a mãe, atrairá pragas para Tebas e terminará a vida como um mendigo andarilho), ou quando Emma Bovary torna-se amante de Léon e, pior ainda, de Rodolphe (que a endividará e abandonará, o que a levará ao suicídio, desolando até a morte seu exemplar marido, Charles, e deixando totalmente órfã a filhinha do casal).

Basta ler algumas páginas de certas obras, e sentimos que uma catástrofe está por acontecer: sim, Fiódor Dostoiévski fará de nós cúmplices dos assassinatos bestamente cometidos pelo impulsivo estudante de Direito Raskólnikov, que, de jovem paladino da justiça, em poucos minutos se transformará em homicida. E, para nossa aflição, Mary Shelley libertará mundo afora um ser bizarro que se lançará contra o próprio homem que o criou, e não por descobrir que é um inédito feito de laboratório, mas porque ninguém jamais se encantará por ele, de fato – nem o médico que o inventou, Victor Frankenstein. A figura agigantada é tão somente o resultado material de um experimento científico. Portanto, nada valerá senão por seu papel de atender, efemeramente, à vaidade de quem conseguiu gerar vida a partir de órgãos mortos e remendados. E, acreditemos: Oscar Wilde está nos avisando que a beleza deslumbrante de Dorian Gray, sua criação mais célebre, é o invólucro enganador de uma mente solitária, taciturna e pérfida, que destruirá todas as formas de vitalidade a sua volta e todas as possibilidades de vínculos amorosos.

Retornamos a esses e a tantos outros enredos clássicos, sabendo que não livraremos os protagonistas das consequências desastrosas de suas loucas paixões; ainda que tentássemos, eles não ouviriam nossos prudentes conselhos, vindos de um tempo futuro, quando já conhecemos inteiramente os capítulos finais que eles, sujeitos da história, não podem vislumbrar à distância. Vão em direção a uma derrocada que nós vemos; eles não.

Prazer sádico esse: testemunhar – num estado de agradável inquietação – a quebra de ilusões românticas, o lento ruir de planos triunfantes, assistindo à infelicidade de outros seres humanos enquanto aqui estamos, deliciosamente recostados numa velha poltrona de leitura. Horas fascinantes de lazer à custa do sofrimento alheio. Mas, sobretudo, é bem provável que se trate de um prazer autocompassivo, se levarmos em conta o benigno efeito colateral que um bom livro pode gerar: ao lermos sobre desgraças consumadas, acabamos por encontrar um lugar de perdão a nós mesmos. Os mais extraordinários tipos ficcionais são aqueles que se materializam em gente de carne e sangue, e, por isso mesmo, suas equivocadas decisões consolam o leitor. Precisamos que tais sujeitos desvairados venham ao nosso socorro para lembrarmo-nos de que, como eles, vivemos estupidamente. Gostemos disso ou não, somos limitados por uma visão curta, estreita, nebulosa e bastante sentimental.

E, vez ou outra, levamos o navio até a baleia invencível, todos nós, como o capitão Ahab há dois séculos.

O relógio – ou o azul dos seus olhos

Cláudia Antonelli

Foi lá no quartinho dos fundos da casa de minha avó, com toda a paciência do mundo, que meu tio Jair me ensinou a ver as horas, quando eu tinha 5 anos de idade. Sentei-me a uma mesa de madeira antiga – que cheirava a madeira e poeira, numa cadeira ao lado da sua. De um lado, um engradado de supermercado, onde se guardavam as laranjas. Sempre havia, ao menos, uma dúzia, imprimindo um perfume cítrico no pequeno cômodo. Do outro, a estante, também em madeira antiga, que meu avô havia construído, fazendo dali uma espécie de dispensa de alimentos, onde também as pessoas transitavam. À nossa frente, pregada à parede, uma lousa verde a giz, diante da qual nos sentávamos.

Nela, ao alto do lado esquerdo, meu tio mantinha escrito o que me pareciam ser códigos secretos: um pequenino desenho da lua registrava a fase exata daquele dia. Ao lado, outros códigos: pequenos traços, símbolos, marcações e números indecifráveis, em uma breve sequência. Ele os entendia – e, talvez por isso, sua facilidade em revelar, a mim, naquele dia, este imenso código secreto: o tempo.

Na mesma lousa, desenhou um relógio com traços claros e firmes, que lançavam, abaixo, um pouco da poeira do giz. Explicou-me, então, o ponteiro grande, o pequeno, os minutos, e, por fim, as horas – cheias e quebradas. Não foi tão difícil assim, após algumas horas.

Ele tinha lá seus pouco mais de 40 anos, à época. Era um tipo peculiar esse meu tio – portava terno, guarda-chuvas, sapatos lustrados dia a dia, aonde quer que fosse, até mesmo à quitanda da esquina. Aqueles códigos da lousa faziam parte de sua vida, um todo maior, marcada por rituais que eu acompanhava com gosto e curiosidade, sempre que passava uns dias na casa de minha avó, sua mãe, onde ele sempre viveu.

Naquelas ocasiões, geralmente nas férias, levantávamo-nos cedo; escovávamos os dentes e lavávamos o rosto dentro de um tempo cronometrado; tirávamos as capas de sobre as gaiolas dos canários e fazíamos com eles – meu tio, em verdade, é quem fazia, enquanto, atentamente, eu observava – o treino diário. Ele aproximava uma mão da lateral da gaiola, o pequeno pássaro saltava um trampolim adiante na direção oposta. Depois, levantava a outra mão, e o canário fazia o caminho inverso. Com o tempo, um simples revelar de sua intenção – mão direita ou mão esquerda, quase sem movê-la – punha o pássaro em movimento (Pavlov ficaria surpreso!).

Depois, passávamos pela jabuticabeira, naquele quintal que, então, me parecia imenso e sem fronteiras – em épocas de frutos, colhíamos as melhores no pé, e varríamos as que haviam caído no chão, às centenas. Finalmente, chegávamos à cozinha, onde um sub-ritual, também alegórico, tomava lugar: o café da manhã. Uma colher de azeite, para a manutenção da saúde e um leve rubor no rosto; um ovo cozido, de preferência colhido na véspera; uma fatia de pão e um copo de leite com chocolate em pó. A manhã estava garantida!

Depois, ele folheava o jornal página por página, e eu varria o quintal com a vassoura piaçava, o que na época me parecia uma coisa bem divertida de se fazer. Ter me ensinado a ver as horas nos ligou de forma especial. Para todo o sempre – eu sabia.

Salto no tempo: meu tio Jair, agora com 80 anos. Seus olhos azuis são os mesmos: grandes, incisivos, sempre abertos (não piscam, dou-me conta). Encontro-o no leito do hospital, na UTI. Ele acena ao ver-me. Um gesto indefinido: mistura de "oi" e "adeus" ao mesmo tempo – mais um de seus códigos? Ele sorri, aquele pequeno sorriso de canto, que, agora, já fazia parte de seu rosto.

Esse código ele não havia me ensinado. Na alegria do "oi" e do encontro, eu também sabia – saber sem aula – que era um adeus. Dali a alguns dias, talvez o seguinte, ele se foi.

Pisco os olhos, e vejo-nos novamente à lousa verde – ou seria um quadro-negro? Já não me lembro mais. O giz branco, colado às mãos, os canários lá fora... O mistério daquele círculo que ele desenhava com riscos – o passado, o presente, o futuro. Que alegria desvendar um mistério da vida! "Que horas são agora?"... "e agora?", "e... agora?!", eu perguntava e respondia, incansável, a mim mesma.

Dali a pouco, como num piscar de olhos mais demorado, já não estávamos mais ali. E os códigos secretos, que eu acreditava permanentes ao alto do lado esquerdo, também não.

Ou... estavam? Estão aqui, agora.

Des-esperar
Carolina Scoz

Foi na casa de sua mãe, em Porto Alegre, que Caio Fernando Abreu decidiu viver os meses daquela fragilidade alastrante, aos poucos transformando-se num fiapo de corpo – um finíssimo caule que vai murchando, mas continua habitado por uma seiva invisível e vivaz. Era um tempo em que diziam "aidético", distinguindo esse ser evanescente de quem carregava o vírus ainda em seu estado latente. Caminhava por um território geográfico mínimo, entre a máquina de escrever, de onde brotaram suas últimas crônicas para o jornal *Zero Hora*, e os vasos espalhados ao longo do quintal antigo. Quem recordou-nos disso foi Lygia Fagundes Telles, amiga que o homenageou em sua partida: "Ia cuidar da vida – tirar da terra a vida – e o Caio morrendo. Fazer desabrochar a flor – e o Caio morrendo. Num planeta enfermo como o nosso, num país, numa sociedade onde impera a boçalidade, a volúpia materialista, foi magnífico contar com o Caio".

Bem quando seus músculos encolhiam mais e mais, ele passava os dias junto a girassóis insistentes, que poderiam ter sucumbido ao calor escaldante ou a uma pancada de chuva, mas não, nada disso; estavam inteiramente floridos quando a manhã renascia. Sol e girassol olhavam-se durante todas as horas claras daquele verão de 1996, feito apaixonados que nem sabem o que dizer, já que, entre frases desconcertantes, os sentidos estão a absorver a presença inefável do outro. Talvez porque intuam que, a qualquer instante, terminará a sensação de encontro perfeito, como a brevidade de um girassol também está anunciada desde que a flor irrompe. Três dias, quando muito, resistem as centenas de minúsculas esferas alaranjadas que compõem um único girassol.

 Quanto dura uma paixão até que se transforme em outra experiência, às vezes, essa coisa rara que é o amor, tantas outras vezes, o desalento próprio dos finais? Três meses? "Estenderam as mãos um para o outro. No gesto exato de quem vai colher um fruto completamente maduro", escreveu Caio, num conto em que, aliás, também fez existirem girassóis – e cabelos soltos, e areias da praia, e abraços sem roupa, e Nara Leão cantando "These foolish things" no disco que embalou a vida da artista, pouco antes de morrer, aos 47 anos. São essas maravilhas efêmeras que alguns têm a sorte de conhecer de perto, ainda que os tristes desfechos recoloquem a dura questão: valeu a pena? Valeu a pena florir, exuberantemente, durante apenas três dias? Valeu a pena tudo o que se fez pela teimosa ilusão de completude, todos os malabarismos românticos que, por fim, resultaram inúteis?

 Essa sou eu, aqui divagando diante de flamboyants e buganvílias que se enlaçam, tingindo o gramado que seguiria como um imenso tapete verde até a distante plantação, se não fossem as coloridas pétalas espalhadas pelo vento brando. Caio Fernando Abreu divagava sobre a finitude enquanto morria: "Depois que comecei a cuidar do jardim aprendi tanta coisa, uma delas é que não se deve decretar a morte de um girassol antes do tempo, compreendeu?".

 Reconhecer a aproximação do colapso de nossas forças, aquele que encerra uma vida inteira feita de golpes aos quais vínhamos sobrevivendo, não exige que o antecipemos. Chegaremos ao átimo a partir do qual nada do que somos resistirá, é verdade – mas, até tocarmos esse imprevisível limite, não será a resignação uma espécie de lento suicídio? Ainda me impressiona relembrar o acontecimento, ou o devaneio, que aparece logo no início dessa crônica do autor gaúcho. Um vizinho passa na rua e espanta-se ao ver Caio, agora em feições esquálidas, a cultivar o jardim – diz que escutou comentarem no Bonfim a notícia de sua recente morte. Houve quem lamentasse não ter ido ao funeral na tarde de quinta-feira. Diz isso, pálido, ao próprio escritor, que alguns já se apressaram a sepultar na imaginação. Ali, cometeram um homicídio simbólico, esse crime passional executado até por gente do bem. Decretaram o fim – antes do fim.

Numa breve viagem aos Alpes italianos, ao caminhar "por campos sorridentes, na companhia de um amigo taciturno e um jovem poeta", Freud se pergunta sobre a razão de acreditarmos que a transitoriedade de algo diminui seu valor. A ele, ocorre pensar o contrário. "Uma flor que dura apenas uma noite nem por isso nos parece menos bela", afirma em artigo publicado em 1916, durante a Primeira Guerra Mundial, aquele terrível cenário de violência e destruição. Se depreciamos o que é fugaz, talvez seja para trapacear o luto, evitando a dor inerente às rupturas. Em vez de sentir a lâmina afiada do destino, afrouxamos os laços com o que é passageiro, o que sabemos que nos será tirado sem permissão – e sem piedade. Atacamos, com nosso desprezo, o que, cedo ou tarde, haveria de trazer algum tanto de sofrimento.

Há quem diga que apenas os humanos chegam a matar – ou morrer – antes que a existência das coisas precise mesmo acabar.

Um mar de coisas
Cláudia Antonelli

Outra noite, sonhei que respirava embaixo d'água. Que sensação maravilhosa. Apesar da pressão e da densidade, eu respirava. Ainda mais do que isso: movia-me, também, com facilidade, nesse lugar de baixíssimo atrito.

Quando acordei, ainda provava o prazer do sonho. Mas, logo em seguida, lembrei-me – como costuma ocorrer de manhã ao despertar da mente – das pendências que tinha: os textos por escrever, as leituras por fazer, a casa por arrumar, as pessoas por ver... Quanta coisa e mais, a ver. Ou "haver", como escrevia o senhor do *xerox*, anos atrás.

Haver, a ver, quanta coisa há. Vamos indo num mar delas. Um pouco como aquelas enchentes que levam objetos, embalagens, plantas, boiando enquanto passam à velocidade das correntezas. As pessoas que se salvam, geralmente, seguram-se em algum lugar – não vão junto dos entulhos; sabe-se lá onde estes vão dar. Outras, por não aguentarem, soltam-se e vão junto, deixando-se levar. É triste.

Certo que, um pouco, sempre arrastamos coisas: sempre há algo não resolvido, movendo-se junto da gente. Creio que o problema se dá quando há demais: quando se torna um rio de coisas levadas pela vida. E o que é pior: nem sempre visíveis. Pois há as correntezas internas, mais profundas e invisíveis. Relacionamentos que, de alguma maneira, são arrastados; ou trabalhos, ou qualquer outro pacto: arrastam-se, por outros benefícios, por medo, por conveniência. Ou, às vezes, para se aguardar. É assim que cada um faz, conscientemente ou não, para navegar sobre a corrente em seu próprio barco. O que vale mais a pena, o que não? Reflito, enquanto observo o quadro de Kandinsky, *The Sea*.

A dor emerge quando esse barco perde o sentido, trazendo mais sofrimento do que vida. E, podendo, a crise, então, instala-se – e *poder* se instalar é algo bastante positivo, parece-me, pois, ainda que a duras custas, valida o sentimento, convida ao pensamento – um bom começo. Quem sabe, até, poder se mudar a rota da navegação.

No entanto, o risco de afogar-se é alto quando nem sequer se tem acesso a esse estado de coisas: não se enxerga esse barco por dentro, tampouco a correnteza. Deixa-se ser levado, sem sentir, nem pensar, em modo alienado; e algum grau mórbido de vida interna.

Outro dia, alguém me falava de árvores assim: por fora, parecem vivas, chegam a ter folhas; por dentro, estão mortas ou moribundas. Dessa maneira, tornam-se perigosas, uma vez que podem cair a qualquer instante: uma morte não anunciada, brutal e repentina. Como se vê, também, nos humanos.

Lembro-me do filme a que assisti recentemente e transitou pelas opções do Oscar: *A esposa* (de Björn Runge, 2017). A mentira estava no cerne de um casal: ela escrevia, mas era ele quem recebia o crédito. Parece ter dado frutos para ambos, ao longo de uma vida: filhos, família, publicações e fama. Contudo, como folhas externas de árvores mortas, havia por dentro um tronco danificado e daninho, adoecido pela mentira. Esse bom script culmina com o momento em que um, não sustentando mais o pacto mentiroso, instaura a possibilidade de crise e, então, de mudança.

As coisas do mundo de fora nos distraem muito. Um rio desliza à velocidade da correnteza e quase rouba nossa total atenção. Assim, a vida vai passando. Por vezes, com a simples manutenção dela: perpetuam-se as coisas, como estão, mesmo as danosas.

Sorte dos que içam velas – não sem custo – e entregam-se a uma viagem mais intensa; e, mesmo com elas, às vezes mais profunda. Buscando o resgate da fertilidade e da renovação; banhando a si e à vida com águas mais límpidas, menos turvas; menos à superfície, mais profunda; mais movimento, e menos correnteza.

Agora, sob o efeito dos meus pés n'água, sigo na metáfora dos rios e dos mares. Sem contar que temos, todos, lençóis subterrâneos.

Léxicos amorosos
Carolina Scoz

Não demora muito até os apaixonados descobrirem que a plena compreensão não passa de uma fantasia romântica. "Ele adivinha meus pensamentos!" logo sucumbe à difícil e irreversível constatação: "Ele nunca me entende...". A clarividência mútua que iluminou o amanhecer do sábado, já no primeiro café com leite compartilhado, numa *boulangerie* charmosa do bairro – conversa que parecia um raríssimo *saber-tudo-um-do-outro*, portanto, uma incandescente fusão de subjetividades que anunciava o fim da velha ciranda de tentativas e decepções –, mostra-se uma frágil experiência, quase nunca capaz de resistir um mês inteiro. Delírio magnífico, porém, efêmero. Por isso, Manuel Bandeira recomendava:

> Se queres sentir a felicidade de amar,
> esquece a tua alma.
> A alma é que estraga o amor.
> Só em Deus ela pode encontrar
> satisfação.
> Não noutra alma.
> Só em Deus – ou fora do mundo.
>
> As almas são incomunicáveis.
>
> Deixa o teu corpo entender-se com outro corpo.
>
> Porque os corpos se entendem, mas as almas não.

Tinha razão o poeta (um solteirão resignado até morrer): basta dizermos uma frase íntima para que o ser amado franza a testa, incerto sobre o que tentamos expressar. Mensagens que soavam inequívocas, de repente, vêm a incitar teimosas confusões. Se era preciso repetir que "limonada suíça", para ela, denotava limão e água batidos no liquidificador até surgir uma bebida cremosa e espumante, sem nada além desses ingredientes (isto é, sem açúcar, sorvete ou leite condensado), pensem na quantidade de vezes que precisou definir palavras sentimentais, espontaneamente faladas, sem considerar a distância de mundos entre quem diz e quem escuta. Não que tivesse apego à ilusão juvenil de par perfeito; de algum modo, sabia que é preciso "tolerância às diferenças" pela vida afora – verdade quase óbvia que, no entanto, ninguém gosta de praticar. Podem duas pessoas atravessar a madrugada num diálogo sussurrado, enquanto pernas insones aninham-se, e cabelos revoltos descansam no ombro alheio: são dois estrangeiros. Sempre serão. Nasceram em continentes longínquos, afastados por oceanos. São diferentes as geografias de suas origens, desde as submersas placas tectônicas até os céus que as recobrem. Têm estranhos hábitos. Falam idiomas exóticos. Nenhum compêndio ou dicionário resolverá as incompreensões. Podem ser vizinhos desde pequenos, separados por um muro baixo riscando os quintais, e nem isso fará coincidir seus léxicos. Por acaso Bentinho e Capitu falavam a mesmíssima língua? Por acaso entendiam-se mais do que se tivessem vivido suas infâncias distantes, cada qual num país? Roland Barthes chegou a dizer, em *Fragmentos de um discurso amoroso*, que o uso da palavra entre os amantes requer o luto da sinceridade – não porque quem ama se torne um mentiroso compulsivo, mas porque nenhum vocábulo consegue traduzir uma emoção sem que algo seja tragicamente perdido.

Ele insistia para que ela enviasse abraços quando encerrasse mensagens ou telefonemas. "Tchau, querido, um abraço", por exemplo. Ela dizia que não tinha cabimento remeter algo, virtualmente, quando o recebimento exige proximidade. Ele a acusava de ser conservadora, britânica demais para quem chegou tão menina ao Brasil. "Você é muito técnica" – era o que concluía quando ela tentava explicar suas razões. Para ele, talvez, ler ou ouvir o tal substantivo bastasse para incitar sensações. Quem sabe pudesse sentir o perfume de magnólias que ela usava, a palpitação descontrolada de seu coração. Quem sabe adormecesse, sem a aflição de todas as noites. E, então, acordasse menos receoso: se ela envia abraços, ainda quer vê-lo (uma dúvida absurda que ela nem suspeitava assombrá-lo).

Para ela, isso significava trapacear a ausência que ele deixava, negando que havia uma separação. Uma triste decorrência de escrever "abraço" era também diminuir o impacto do abraço carnal quando esse ocorresse após a torturante espera. Ela buscava dizer a ele que algumas experiências preciosíssimas estavam banalizadas pela facilidade da comunicação e, como evidência, lembrava-o de que, para os judeus, o nome divino não pode ser escrito ou pronunciado, tamanha é a grandeza desse ser. "Inominável", dizem. Ou "Altíssimo". Ou, ainda, "Eterno". Também argumentava que, para os muçulmanos, é ultrajante a nomeação de Alá com o uso de uma única palavra e, por isso mesmo, inscrevem 99 virtudes nas paredes internas das altivas mesquitas: *único, misericordioso, irresistível, soberano, generoso, justo...* Se falta um adjetivo para completar uma centena, deve ser para nos fazer lembrar que os vocabulários são insuficientes quando estamos diante do sublime. Cem palavras sugeririam uma lista exaustiva e completa; interromper no item 99 foi mesmo uma estratégia genial para fazer com que nosso pensamento siga em frente, rumo ao infinito misterioso que é a essência de um deus. Insistia, exemplificando que as principais tradições da filosofia buscaram palavras que respeitassem a imensidão do fenômeno designado, quer se pense no *Um* de Plotino, na *Causa sui* de Espinosa ou no *Absoluto* de Hegel.

Um abraço é coisa grande demais para caber num corriqueiro arranjo de seis letras, já desgastado pelo uso cotidiano. "Enviar abraço é profaná-lo" – era sua opinião. Mas, para ele, o abraço imaginado evocava as sensações poderosas que seu corpo trazia registradas em cada neurônio. Bastava fechar os olhos e, instantaneamente, recapturava o prazer sentido junto ao corpo morno dela. Lembrava de ter visto um estudo científico recente que comprovava, com larga margem estatística: o contato físico reduz a vulnerabilidade do sistema imunológico. As pessoas que mais abraçam são as que adoecem menos. Nunca mais teve gripe depois que começou a abraçá-la, fosse na realidade ou na recordação. Nunca mais se viu infeliz. Nem feio. Nem mau.

Abraço, abraço, abraço... Bem-aventurado quem tem saudade: apenas no seu reino uma palavra tão mundana e imperfeita consegue despertar antigas felicidades. Era o credo daquele homem.

Pelo menos, foi o que imaginei ao ouvir trechos de uma risonha discussão bem aqui na mesa ao lado.

É para lá que eu vou

Cláudia Antonelli

Ella era jovem e passava o primeiro Natal só, longe de casa, na região dos Alpes – seu primeiro verdadeiro inverno. Como outras jovens estrangeiras, cuidava de crianças em uma família, numa espécie de *jeune fille au pair*. Era recesso de final de ano agora, e "a mãe" disse-lhe que poderia ir para onde quisesse. Mas, na realidade, ela não tinha para onde ir. Constrangida, não disse nada. Desejou "Feliz Natal", e se foi.

Fazia em torno de 2ºC do lado de fora – nem era tão frio assim para a média suíça àquela época do ano. Era frio para ela, sem ter aonde ir.

Pegou o *tramway*, depois o trem, e foi à casa no vilarejo francês próximo, após a fronteira, onde havia ficado quando chegou à região e o casal John e Jean lhe recebera por um mês, até que se arranjasse. Ela sabia que, possivelmente, eles não estariam em casa agora, pois teriam ido visitar seus familiares em outros países, para as festas de fim de ano. E sabia, também, que não trancavam à chave a porta da casa. Ela foi. No início reticente, bateu à porta, sem resposta, e entrou devagar. As coisas estavam como antes. Um pouco arrumadas, um pouco desarrumadas.

De fato, não estavam, mas, como não sabia quando retornariam, sentou-se à sala por via das dúvidas, como que para esperá-los. A noite começou a cair, a casa, a esfriar. Era o terceiro andar de uma morada antiga, daquelas do campo francês, de pedras, divididas em várias outras, às vezes, cada uma em um piso. Eles, proprietários, ocupavam o andar mais alto. O telhado se dobrava em forma de chalé. O espaço interno que remanejaram – agora no estilo americano de Jean – era sem paredes, com exceção do banheiro; um ambiente se juntava ao outro, a sala se separava da cozinha apenas por uma estante, logo ali ao lado; o quarto, atrás, alojava-se na parte mais baixa do teto.

 Naquela estante, via livros, fotos e cassetes de música numa caixa ao chão. Havia, também, no canto da sala, um cesto com lenha cortada para a lareira. Uma mesa baixa de madeira ao centro. Sentou-se em uma das duas poltronas daquele lado. A noite seguiu caindo, assim como a temperatura. Ella acendeu algumas luzes de canto, escolheu uma fita cassete: era a primeira vez que entrava em contato com as *Suítes para violoncelo* de Bach, para nunca mais esquecê-las. Acabaria por escutá-las inúmeras vezes naqueles dias, e ao longo da vida, em suas diferentes interpretações.

 Manteve-se com a roupa que estava, mas envolveu, agora, o pescoço com o cachecol de lã que havia levado. Voltou a olhar a estante e os livros, a maioria em inglês ou francês, e diversos dicionários. Jean era tradutora. Um de capa preta com letras em dourado era de William Shakespeare. Abriu-o aleatoriamente, seguiu folheando. Inglês não era uma língua sua naquele tempo. Parou em um trecho. Eram palavras bonitas, uma passagem bonita – ela não sabia, somente intuía, pela sonoridade, ao lê-las em voz alta.

 A fita com as fascinantes suítes de Bach seguia preenchendo o ambiente. Foi até a cozinha e, encontrando o saca-rolhas na primeira gaveta, abriu um vinho que também encontrou por ali. Trouxe uma taça e uma pequena faca de volta à sala. Sentou-se novamente no cadeirão. O céu estava intensamente escuro, estrelado, Ella via através daquele recorte em vidro no telhado. Ainda que acompanhada pelo Universo, Ella estava sozinha.

 Passadas algumas horas, convenceu-se de que, de fato, não retornariam, e ela ficaria ali. Sentou-se, então, mais à vontade sobre o tapete, que era ou imitava pele de animal – ela não sabia –, mas agora um pouco mais familiarizada com a noite silenciosa e escura, com o choro do violoncelo, o frio gelado da casa e de seu rosto descoberto.

Retomou o livro de capa preta e reencontrou a passagem da qual havia gostado. E passou a esculpi-la, com a faca que trouxe da cozinha, sobre um pedaço da lenha que tinha ali, para a lareira. A estrofe inteira, cujo sentido ela desconhecia. Foram horas noite adentro. Terminada a tarefa, colocou a madeira de volta no cesto, junto às outras que seriam queimadas no fogo em algum momento – depois, conseguiu dormir.

Nos dias seguintes, aprendeu a esquentar a água para o banho, usou o telefone em interurbanos que, posteriormente, custaram-lhe bastante; e confessou seu crime aos vizinhos do térreo, antes de retornar à casa do trabalho, no início do ano. No *tram* do caminho de volta, lia numa coletânea de contos que havia encontrado num sebo de livros estrangeiros da cidade: "É para lá que eu vou", de Clarice Lispector.

"À beira da tertúlia está a família. À beira da família estou eu. À beira de eu estou mim. É para mim que vou", ecoou-lhe a escritora, fazendo-lhe companhia.

Novas safras
Carolina Scoz

Ano-Novo

As primeiras comemorações de Ano-Novo de que se tem registro datam de 4 mil anos atrás. Realizadas na Mesopotâmia, celebravam o fim do inverno e o início da primavera, anunciando a nova safra de alimentos. Persas, assírios, egípcios e fenícios pediam que a terra espalhasse, generosamente, os frutos que os nutririam até o final do verão e encheriam seus depósitos para os meses frios e secos. Era um tempo em que a existência humana dependia das colheitas. Ainda não explorávamos o solo, como proprietários de um mecanismo quase inesgotável e cada vez mais ajustado a interesses comerciais. Humildes diante da natureza, esse gigante imprevisível, pedíamos que não se esquecesse de – sobretudo não castigasse – quem precisava de sua benignidade. Celeiros esvaziados significavam fome, doença e morte. Dependíamos da nova safra para sobreviver, não apenas para satisfazer vontades ou caprichos. Por isso, inventávamos tantos deuses míticos aos quais honrar – e, por séculos, levantamos estátuas, templos, oráculos e pirâmides. Era um tempo de aflição e gratidão, como duas únicas estações.

Réveillon

Se devemos aos romanos a fixação de uma data para o Ano-Novo ocidental em 31 de dezembro, logo antes do esperançoso raiar de janeiro (perene homenagem a Jano, cuja face dupla o permitia olhar para o ano que findara e, simultaneamente, para aquele que começaria), é aos franceses que cabe o mérito por esse nome poético: *Réveillon*, nascido do verbo *réveiller*, "acordar", "despertar", "levantar". A safra abundante havia terminado. Durante os meses do inverno, foram breves e escuros os dias, imersos num cenário triste de galhos retorcidos, folhas secas amontoadas e ruas solitárias. Era o período do recolhimento obstinado, da prudente economia de recursos. Até que o frio ameaçador, lentamente, cedia lugar à estação sensualíssima, que irrompia folhas e flores, tingia o céu de azuis, rosas e laranjas, soprava uma brisa perfumada nas alvoradas e fazia a chuva abundante fecundar o chão que ficara infértil, de tão sedento. No entanto, a verdade é que essa gloriosa mudança de estações jamais aconteceu, em muitos lugares, precisamente entre dezembro e janeiro.

Os primeiros cidadãos do mundo que dão boas-vindas ao novo ano pertencem à República de Fiji, na Oceania, onde reina um eterno e úmido verão. A passagem de ano ocorre, na Europa inteira, quando o inverno ainda não chegou para soprar os mais gélidos ventos que, ao norte, serão inclementes tempestades de neve. Já na América Latina, por exemplo, o *Réveillon* ocorre sob altas temperaturas, que não sossegam antes de março. Mas a voluptuosa metáfora resiste: o que estava fatigado e adormecido subitamente ressurgirá. Roupas de festa, confinadas no breu de guarda-roupas, à espera de alguma ocasião extraordinária, sairão dos cabides para dançar. Taças borbulhantes voltarão a tilintar, num ritual coletivo que busca atrair felicidades sonhadas. Diante das multidões de pessoas em ruas, avenidas, embarcações e orlas marítimas, lembramo-nos de que somos ínfimas criaturas deste planeta diante da imensidão de experiências possíveis quando amanhecer o próximo ano. A noite ainda é escura quando espocam os fogos no céu, desenhando corações pulsantes e chuvas de estrelas. *Réveiller, encore!*

Conversa sincera por WhatsApp

Estavam distantes naquele primeiro 31 de dezembro. Poderia até ser o primeiro Ano-Novo – ou *Réveillon* – que viveriam juntos. Não foi daquela vez. Combinaram que falariam por telefone quando faltassem dez minutos para meia-noite. Era uma espécie de manobra imaginária para anular os milhares de quilômetros e ficarem juntos diante do mar, embora cada um estivesse numa metade do globo terrestre. Ao enviarem frases afetuosas, como náufragos que lançam mensagens em garrafas flutuantes, não iniciariam o ano totalmente separados.

Quem começou foi ele, já que, no hemisfério oriental, o Ano-Novo chega antes – mesmo naquele aeroporto onde ninguém parecia disposto a ecoar a contagem regressiva que logo surgiria em televisores espalhados pelos saguões. Foi direto ao assunto: precisava saber por que ela se apaixonara. Queria ouvir dela uma confissão pronunciada com uma narrativa inequívoca e original, não apenas sugerida com a transcrição de algum poeta metafísico, desses que confundem até as mulheres a quem remetem seus versos difíceis. Era, talvez, uma forma de antecipar quais as chances de a relação "parar de pé" (filho das ciências exatas, ele gostava de expressões que remetessem a forças e formatos).

Ela não sabia como explicar. Ocorreu-lhe Maurice Blanchot e sua crítica à pretensão do conhecimento absoluto: "A resposta é a desgraça da pergunta". Guardou para si a citação filosófica – afinal, não era justo encerrar com um aforismo tão delicada conversa. Ele precisava de uma afirmação que acalentasse sua mente temerosa. Queria "monitorar riscos", outra de suas expressões preferidas. Uma infinidade de teorizações saltava no pensamento dela e, no entanto, todas soavam desastradas. Suspeitava que, caso escrevesse qualquer razão numa mensagem, imediatamente banalizaria um raro sentimento, desses que nenhum arranjo de palavras consegue traduzir. Além disso, acreditava que as paixões eclodem por motivos que vão se tornando, para desilusão dos amantes, cada vez menos românticos.

O jeito silencioso daquele homem mirá-la, tão atraente desde que o conhecera, quem sabe logo começasse a deixá-la irritada e insegura – tagarelando, feito boba, para um sujeito que estava com o pensamento sabe Deus onde. Sua encantadora mania de enviar trechos literários durante as madrugadas, lembrando-a de que o primor de uma formulação o transportava imediatamente até o travesseiro dela, num mágico tapete de Aladim, em pouco tempo se revelaria nada além de uma tola competição de erudição. Ela dormia até profundas camadas de inconsciência, como quase todos os seres comuns, enquanto aquele insone atravessava as horas a ler centenas de páginas almejadas por ela, mas cronicamente deixadas para um futuro que nunca chegava. Outro risco: que o virtuoso desapego masculino a bens materiais, honrado por ele com fervor, a deixasse culpada quando não resistisse a trazer para casa um belíssimo par de sapatos vermelhos feitos à mão, em puro couro – fora de qualquer promoção.

Fosse o destino como fosse, naquele instante não fazia sentido algum identificar os "pilares da relação" quando estavam distantes, ela a poucas horas do Ano-Novo, ele a um minuto.

Com você eu desenvelheço – ela disse, por fim.

Ele parou de pedir explicações. Ela parou de buscá-las. Incerta e injusta que tantas vezes seja, a vida agora parecia ter um passado mais sereno, risível até – e um futuro mais longo.

Juntos, desejaram novas safras.

Das palavras

CLÁUDIA ANTONELLI

A palavra surge para obturar o buraco, o vazio do humano que, ao tornar-se humano, há de conter algo que sempre lhe faltará na troca com o outro. A abertura que necessita tamponamento: é onde entra a palavra. Sabemos que nunca dará conta do todo, qualquer que seja a aplicação: a notícia, a pesquisa, a poesia, a reza, o discurso, a tese, a carta, a conversa. Ao mesmo tempo, é ela quem possibilita a troca e as tentativas de ligação, da construção do pensamento (Chomsky), e da vida ela mesma, em sociedade.

Assim, o símbolo que começou como desenho (a palavra arcaica) passou a representar muito mais do que o animal desenhado: representava-se a fome e a caça, protótipos da necessidade humana, ulteriormente transformados em desejo. Foi justamente quando, para alguns, a espécie humana surgiu – deixou de ser animal, ao inserir o símbolo em sua existência: aquilo que representava a ausência. A representação do animal, do sol; da montanha, dos outros homens – quando estes não estavam presentes.

A história é bonita, mas não nos iludamos. A palavra também se transmuta e perde seu valor na mão do homem, ao virar moeda de troca sem medida adequada. Enquanto a palavra da verdade tende a expandir, aprofundar e unir, a da mentira – ou esvaziada de sentido – costuma romper, corromper, desvitalizar.

Qual é, por exemplo, a palavra da verdade, ou, ainda, do veredito? Numa corte, o texto que tenta reconstruir uma narrativa para, ao final, decidi-la se verdadeira ou não sempre me intrigou. Acabo de assistir ao filme *Na próxima, acerto o coração* (França, 2014). O protagonista, um psicopata responsável por diversos homicídios – aos quais assistimos –, nega friamente, no momento do interrogatório feito pelo policial, cada uma das acusações: "Não", diz ele, a cada vez. Eis a palavra da mentira, que, na superfície, pouco se diferencia daquela da verdade.

Provavelmente nunca se alcancem verdades totais – quaisquer que sejam, se de fato existem. Podemos seguir tentando. Uma das definições de psicanálise será esta: a busca pela verdade psíquica de cada um. É um trabalho delicado, laborioso – uma vez que criamos e mantemos diversas mentiras (ou ilusões) a respeito de nós e dos outros. Do seu método, num bom processo psicanalítico, as inverdades têm a chance de serem desveladas, verificadas e pensadas.

No entanto, repetidas vezes, a palavra do dia a dia é quase sovina. Poderíamos nos abster dela, em muitas ocasiões. Da palavra sem afeto; automática, sintomática, que desarticula e repete somente, (es)vazia. Seu êxito é sempre falho, uma vez que não abrange o sentimento, o pensamento, ou, pior então: quando ela é em vão, diante do que é feito, ou não – ou seja, diante do ato.

Posto de outra maneira, de nada vale a promessa feita, diante de sua esquiva. De nada valem as explicações, diante do subterfúgio. De nada vale um acordo de paz, diante da bomba lançada; ou o sermão, diante da omissão ou da hipocrisia. Pouco vale a palavra da razão fria, diante da emoção. A intimidade, geralmente, dispensa palavras.

Sempre valerá, talvez, o esforço, quando genuíno? O gesto que se intencionou em direção à construção, à mudança, ao vínculo e à conciliação? Ou melhor, às vezes, teria sido o silêncio? Também. A palavra vale em certos momentos; em muitos outros, sabemos que não. Difícil equação, nesse complexo jogo de forças: acabamos por nos dar conta de que, amiúde, vale mais dizer menos – porém, sem esquiva. Em outras situações, é ela – a palavra – que salvará.

Sherazade. Noite após noite, seu conto – cujo fim ela distanciava – transmutava-se em pensamento, na mente do sultão, segundo os manejos e as intenções da narradora. O poderoso homem, por princípio, agia sob a ira impensada, ao matar uma mulher por noite após possuí-la, sem perdão – vingando-se, ilusoriamente, da única que o traíra, em plena luz do dia e dos jardins de seu próprio palácio – vingança, portanto, impossível e infindável, uma vez que essa mulher já estava morta. As noites e, mais do que isso, a vida da protagonista prosseguiram, até sua salvação, após mil e uma noites de palavras meticulosamente articuladas (*Vozes do deserto*, de Nélida Piñon).

Como bem ali descreve Nélida, não contamos as histórias que Sherazade contava; contamos a sua história – de Sherazade. Destarte, talvez seja isso o que fazemos também: vivemos e tecemos nossas vidas ao longo de capítulos que contaremos para nós e para os outros; quer seja no papel da pele, do livro, da parede. Algumas vezes, não contaremos.

Entretanto, sem palavras, dizem e eu acredito, não seríamos humanos e não viveríamos nossas biografias – a trama de nossos enredos tecidos ponto a ponto: palavra por palavra; mesmo as silenciadas. Transformadas, enfim, em uma edificação mais fina, quase em outra dimensão: a da ficção. Para narrarmos nossas fábulas, as do mundo, as de cada um; atravessados por um inconsciente, que somos.

Coração inteligente:
um posfácio interminável

DIANA LICHTENSTEIN CORSO

> *O principal desejo de todo novelista*
> *é ser o mais inconsciente possível*
> VIRGINIA WOOLF

Mais de uma vez, em suas crônicas de jornal, Clarice Lispector narrou um sonho seu. Em uma dessas aventuras oníricas, ao sair de casa, a porta desapareceu atrás de si. Para voltar a entrar, ela teria de abrir uma passagem cavando uma abertura com as mãos.

> Mal porém foi rachada a primeira abertura, percebi que por ali nunca ninguém tinha entrado. Era a primeira porta de alguém. E, embora essa estreita entrada fosse na mesma casa, vi a casa como não a conhecia antes. E meu quarto era como o interior de um cubo. Só agora eu percebia que antes vivera dentro de um cubo.[1]

Clarice costumava reclamar do incômodo da escrita na imprensa; sentia-se exposta além do que sua timidez permitia. No entanto, manteve esse trabalho porque precisava ganhar dinheiro, como confessava. Tratava-se de autora já consagrada, que, em sua literatura, não sentia tal constrangimento. A crônica no jornal a fazia sentir-se no indesejável papel da primeira pessoa. Talvez o problema não fosse somente a escrita a partir de um "eu" tão pouco disfarçado; presumo que a urgência da entrega jornalística, que

---

[1] Lispector, C. (2004). *Aprendendo a viver*. Rocco. p. 45.

encurta o tempo entre pensar e escrever, também a deixava incômoda. Clarice se inquietava com a escrita "no calor das coisas".

Já que não tinha saída, ou melhor, condições de correr de volta para dentro de si, penetrou nas próprias entranhas do modo honesto que esse sonho explicita. Era necessário, como diríamos hoje, sair do seu quadrado, descentrar-se, perder-se das próprias referências, o que nunca ocorre sem angústia.[2]

É exatamente isso que os psicanalistas fazem com seus pacientes: escavam a primeira porta de alguém. Todavia, quando escrevem, e Freud mostrou esse caminho, fazem, em si mesmos, aberturas pelas quais seus leitores possam vislumbrar a existência do inconsciente, da sexualidade, das ambiguidades morais.

Não é fácil compartilhar o próprio cubo. É tão incômodo como quando somos nós a ocuparmos o divã, e nossos analistas, com sua escuta, vão nos tornando porosos. Contudo, em nosso caso, também não temos outra forma: há de se escrever. Não se trata de ganhar dinheiro com a escrita, porque não somos "clarices". Queremos, sim, divulgar, explicar e construir nossas ideias, que precisam da constante presença na cultura de seu tempo, para continuar existindo e mantendo seu fio. Trata-se do fio de costura da teoria psicanalítica. Também fio de corte pelo questionamento das mentiras que todo mundo se conta ao próprio respeito, quanto dos adormecimentos que nosso pensamento, por vezes, tem.

---

2 Para tudo há limite, e, assim como uma interpretação psicanalítica esbarra no "umbigo do sonho", para a escrita, há também esse limite. O tal umbigo, que Freud define como "o ponto em que o sonho se encontra ligado ao desconhecido", é uma espécie de ralo que engole o sentido e, paradoxalmente, em torno do qual o sentido reverbera. Ele afunda, desaparecendo das nossas vistas como uma pedra jogada na água, mas deixa-nos à mercê dos seus efeitos, que são como os círculos que se criam na superfície depois que ela afunda. Esse limite do que pode ser entendido, Clarice o define assim: "Eu queria ficar calada. Há coisas que nunca escrevi, e morrerei sem tê-las escrito. Essas por dinheiro nenhum. Há um grande silêncio dentro de mim. E esse silêncio tem sido a fonte de minhas palavras. E do silêncio tem vindo o que é mais precioso de tudo: o próprio silêncio." *Ibidem*, p. 196.

Enquanto houver analistas, a psicopatologia da vida cotidiana deve ser reescrita. Quando deixarmos de tornar pública a insistente existência do inconsciente, nosso ofício perecerá. Para tanto, além dos êxitos clínicos de nossa prática, é preciso que a fineza de nossa escuta converse com o cotidiano dos que nunca chegarão a um divã.

Isso não quer dizer mera tradução da teoria psicanalítica às linguagens de cada época, como se trocasse as gírias de uma geração pelas da seguinte. A tarefa é dar sequência à aventura originária de Freud, cujas ideias nasceram da escuta dos sofrimentos e desejos dos seus contemporâneos. Nesse sentido, mesmo sendo um respeitável pai de família vitoriana, ele se deixou desafiar pelas pacientes histéricas. Eram mulheres destoantes, disfuncionais, que costumavam ser caladas e asiladas pelo resto de seus dias. Elas eram punidas pelos mesmos sintomas e queixas pelos quais foram respeitosamente acolhidas pelo mestre vienense.

Mas por que não permanecermos recolhidos, respeitando a timidez e atuando com a discrição que a clínica requer? Bastaria ficarmos discutindo entre nós, de modo a transmitirmos a ética que nos norteia e construirmos juntos a teoria que nos anima. Pode ser assim, sem problema, pois esta é a trajetória da maioria dos psicanalistas, cujas formação, trocas e debates legitimam a própria clínica.

Isso parece uma cômoda e tentadora posição, principalmente para psicanalistas, acostumados a retirarem de cena suas próprias subjetividades. Ser socialmente minimalistas parece até uma postura recomendável. O problema é que, se nos mantivermos todos reclusos, é a psicanálise que correrá riscos, e não por uma questão de marketing. Trata-se daquela porosidade a que me referi acima, que possibilita aos psicanalistas teorizar fora do lugar fechado de seus cânones – afinal, Freud jamais se trancou em cubo algum.

Compartilhando rabiscos

Recorrer a um psicanalista, em socorro de nossos sofrimentos, requer prévia transferência com a hipótese do inconsciente, mesmo que seja uma tênue intuição. Nossa teoria não é de fácil digestão. Ninguém gosta de saber que, no fundo, não é nada casto nem tão bonzinho quanto supunha ser. Tampouco nos agrada assumir o ônus dos percalços que sofremos. Melhor pensar que é tudo culpa dos outros, sem encarar nossas repetições. Então, partindo de tantas premissas impopulares, a psicanálise tem de matar um leão por dia para sobreviver, justificando a que veio e provando suas ideias. Tivemos a sorte de nascer nas mãos de um excelente escritor, incansável para explicar, demonstrar, para expor sua análise pessoal, sua técnica, seus estudos e suas leituras com clareza e encanto. Sem isso, não estaríamos aqui, eu e as autoras deste livro – Carolina Scoz e Cláudia Antonelli.

A escrita de um psicanalista não é como outras produções intelectuais, nas quais admiramos o autor e deixamo-nos aprender com ele para também nos sentirmos sábios. O psicanalista que escreve não difere muito do profissional que clinica: acompanha o leitor na descoberta do próprio inconsciente. O leitor acaba sendo coautor das conclusões a que o texto o leva a chegar. Ele vai preenchendo as linhas escritas com passagens da própria vida, por associação. Essa é uma das modalidades da escrita psicanalítica, praticada por Freud, assim como há outros textos mais ensaísticos, em que a teoria, veja só, também aparece modulada pela subjetividade do autor.

Talvez um jeito de ilustrar os caminhos da escrita psicanalítica destinada aos não iniciados, na imprensa ou em qualquer meio de boa difusão, seja pensá-la como uma "garatuja". Essa palavra corresponde a uma forma de brincar com as crianças proposta pelo psicanalista inglês D. W. Winnicott, que a chamou de *squiggle game* (traduzimos por "garatuja").

Trata-se de algo muito simples: pegue um papel (se for uma folha muito ajeitada, convém até dar uma rasgada nela, para demonstrar que não há nenhuma expectativa de resultado, que não será transformado em documento, como se fosse um teste). Sem olhar, faça nele um rabisco. A despretensão do gesto é essencial. Convide o paciente (que, neste caso, não é um adulto) a desenhar o que ele acha que essa garatuja pode virar. Por meio da imaginação do outro, seu risco será transformado em um pato, um monstro, uma letra, uma flor, uma pedra, um cachorro ou um lago com peixes, ou um peixe com um lago na barriga. A seguir, a brincadeira se inverte, e será sua vez de achar bichos, coisas, paisagens, maluquices ou gentes nos traços do outro.

Winnicott tinha temor de que essa ideia fosse enrijecida, transformada em uma "técnica". A garatuja era uma espécie de proposta de estilo para a escuta, pois a considerava ilustrativa (literalmente, já que se trata de desenho) da disponibilidade transferencial do psicanalista. Esta passa por doar algo de si, algo que não se sabe o que é, um esboço que representa o inconsciente do analista, para que o paciente possa encarar ali seu sofrimento e suas inquietudes.

Essas intervenções, que são como garatujas, embora envolvam palavras, e não traços, são diferentes das "construções em análise". Construções são tentativas de leitura de um contexto discursivo do paciente. Se bem utilizadas, estas últimas também funcionarão como garatujas, apesar de serem desenhos completos. O paciente olhará para o quadro que pintamos e o transformará, até que surja a imagem que o representa. É essencial que qualquer "traço" da fala analítica não seja considerado uma certeza pelo psicanalista. A verdade (sempre provisória) só pertence ao paciente e só existe em função das associações dele. Qualquer palavra do analista será efetiva se ocorrer em transferência, ou seja, algo que se pensa "no calor das coisas", como as crônicas deste livro.

Mais uma vez, com Clarice, poderíamos dizer que se trata de desenvolver uma "sensibilidade inteligente".[3] Para nos disponibilizarmos a brincar de garatuja com o leitor, é preciso que nossas palavras lhe sejam oferecidas para serem distorcidas. Quando isso acontece, no fim, ele recorda menos do que de fato leu e mais do que pensou a respeito. Escrever assim requer um "coração inteligente". Desculpe esse jeito de poesia barata da expressão, caro leitor (ainda bem que foi ela quem escreveu isso). É que, às vezes, precisamos recorrer a formas poéticas para explicitarmos o fato de que a psicanálise é uma operação intelectual apenas a posteriori. Teorizamos para justificar aquilo que já fizemos sem pensar. Trabalhamos regidos por uma ética nascida da análise pessoal, que nos prepara para deixar que a associação livre do paciente faça seus rabiscos, enquanto, em atenção flutuante, ofereceremos-lhe os nossos. Os pássaros, mares, criaturas e paisagens de que lhe falaremos, quando for nossa vez de rabiscar com palavras, devem ser do universo onírico do próprio paciente.

Ao escrevermos, se quisermos ser lidos como psicanalistas, precisamos nos dispor como garatujas, abrindo mão da impostação da sabedoria. Aliás, sábio mesmo é aquele que sempre aprende. Os textos de Freud a respeito de seus lapsos, sonhos e leituras são fascinantes porque quase conseguimos acompanhá-lo associando em tempo real. Quando ele nos diz que a interpretação é em camadas, que não devemos nos contentar com as primeiras justificativas que aparecem para certos pensamentos, somos levados a crer que ele descobriu as camadas seguintes dentro do tinteiro. Algo, como o que costumamos dizer hoje, de que o texto está no teclado e escreve-se em nós.

A experiência tão simples da garatuja percorre o mesmo caminho da sensibilidade inteligente que tentamos colocar ao dispor dos pacientes e dos leitores. Para entendermos como isso opera,

---

3 *Ibidem*, p. 47.

precisamos partir do pressuposto de que nascemos subjetivamente a partir do outro. Para Winnicott, há uma continuidade entre o gesto de quem ampara um bebê e a apropriação disso que ele faz, nascendo dali um eu e um mundo. No princípio não há separação entre o que é oferecido ao bebê e o que ele realiza; isso é contínuo nesse mundo mágico em que nascemos. Essa relação indiferenciada, contínua, logo se torna contígua, ou seja, estabelece-se uma separação entre o que provém de si mesmo e o que é feito pelo outro. Nossa pedra fundamental é lançada pelos outros que nos acolhem nessa espécie de continuidade própria da função materna.[4] Para realmente existirmos, sermos contíguos, tornamo-nos herdeiros dessa experiência.

Um "ambiente materno", uma "função materna", ou como queira se chamar, opera quando se coloca à disposição de um bebê um objeto (digamos, o seio, para sermos óbvios) "exatamente onde o bebê está pronto para criá-lo, e no momento exato".[5]

Há muitas formas de descrever nossos começos, já que, diferentemente dos animais, nascemos tão inermes e dependentes. Na verdade, seremos assim até a morte. A psicanálise é um leque de mitos de origem da subjetividade humana. São diferentes teorias, que, por vezes, confrontam-se; por outras, complementam-se, embora todas tenham em comum a certeza de que somos feitos uns dos outros, ou melhor, uns nos outros.

Para variar, Clarice explica isso melhor do que eu, em um microtexto, publicado na imprensa, na mesma época do relato daquele sonho: "Eu antes tinha querido ser os outros para conhecer o

---

[4] Sempre é bom lembrar que "função maternal" é diferente de "mãe", e que ela pode ser exercida por qualquer um que se coloque nessa posição, não necessariamente a progenitora, ou uma mulher.

[5] Winnicott, D. W. (1993). Objetos transicionais e fenômenos transicionais. In *Textos selecionados: da pediatria à psicanálise*. F. Alves. p. 402. Esse "lugar" é chamado, pelo autor, de "espaço de ilusão", belo nome para o nascimento das personagens da própria autobiografia que advirão dali.

que *não* era eu. Entendi então que eu já tinha sido os outros e isso era fácil. Minha experiência maior seria ser o âmago dos outros: e o âmago dos outros era eu".[6]

Escrevendo de pijama

Voltando à escrita do psicanalista em público, demorei algum tempo para entender que o espírito livre da crônica era o estilo que me convinha para oferecer minhas garatujas aos leitores. Esse estilo é uma improvável mistura de autoficção com concisão. Tem um pé no mundo real, o outro, na fantasia. Às vezes, inesperadamente, aparece um terceiro pé na filosofia, um quarto no ensaio. A crônica, essa abordagem estética do trivial que o Brasil consagrou, tem o autor como personagem, mas à condição de que ele aceite sua própria banalidade.

Por isso, acabei chamando minhas escritas na imprensa de "conficcionais", ou seja, histórias reais que são confessadas, mas distorcidas, transformadas em ficção. Há décadas, venho trabalhando na edição literária de memórias e vinhetas clínicas, cuja ficcionalização obedece à necessidade de discrição, sigilo e, confesso, a obtenção dos efeitos estéticos necessários.

Vou cometer, aqui, a imprudência da autocitação, para explicar um pouquinho mais o que seria a crônica como conficção:

> Nascida nos jornais, mas criada para comentar fatos que pareceriam insignificantes, a crônica existe para provar que nem a vida mais sem graça precisa ser besta. A expressão "conficção" ouvi de Fabrício Carpinejar. Foi através dela que esse autor encontrou meio de celebrar poeticamente a união estável entre o depoimento sincero do que se viveu e a fantasia, a ficção.

---

6 Eis uma precisa definição da função materna. *Ibidem*, p. 43.

Estamos longe da objetividade científica, da eloquência que se espera dos fatos jornalísticos, mas tampouco navegamos nas águas mágicas da literatura. O território que aqui se percorre é fronteiriço, confuso como somos nós na vida real.

Nossa identidade não deixa de ser uma personagem cujas características lapidamos ao longo de toda a vida. Memórias são escorregadias, da infância guardamos algumas cenas, mas sentimos como se estivéssemos inventando a partir de alguma foto ou do que nos contaram. A realidade tampouco oferece solo mais firme, é ilusória, já que tudo depende do ponto de vista. Por sua vez, a ficção, que era para ser um tipo de mentira bonita, acaba revelando não poucas verdades: boas histórias nascem de segredos do seu autor, muitos dos quais são inconscientes até para ele.

Fazemos força para ser sinceros, autênticos, mas, quando nos descrevemos ou contamos algum acontecimento, isso acaba soando meio estranho, como nas memórias de infância. A dúvida chega do mesmo jeito: será que não estou romanceando os fatos? Será que o sentimento que estou expressando é verdadeiro? Sempre há um diabinho questionador fazendo com que nos sintamos um blefe. No fundo não passamos de histórias, mas, se a morte der licença, seremos lorotas longevas e convincentes.[7]

Vou contar aqui uma pequena vinheta de análise pessoal, que faz parte de uma crônica que nunca escrevi. Talvez ela sirva de exemplo dessa infinita reescrita da psicopatologia da vida cotidiana.

Aconteceu na boa hora de vestir pijama. As roupas de dormir invocam a chegada de uma noite de aconchego novinha em folha. Um dia, em pleno momento sublime do empijamar-se, tive um lapso de percepção distorcida. Ao pegar a roupa de dormir no armário, sem me dar conta, veio junto a parte de baixo de outro pijama

---

[7] Corso, D. L. (2014). *Tomo conta do mundo: conficções de uma psicanalista*. Arquipélago Editorial. p. 11.

similar, mas de distinta estampa. Pus a calça de flanela e, ao pegar a parte de cima, encontro outra parte de baixo. Pensamento natural: "peça de roupa errada, procure a certa". Pensamento bizarro que tive: "céus, me enganei, acabei vestindo a blusa nas pernas!". Óbvio que isso é absurdo e não seria possível.

Achei muita graça, atribuindo o raciocínio à minha distração crônica, com que já me habituei a conviver. No entanto, é preciso admitir, de tudo, o inconsciente diz muito: o ruído de fundo daquele dia era a desconfiança de "ter colocado os pés pelas mãos", ou seja, de ter feito uma besteira.

Tratava-se de um conselho que dera à minha filha diante de um impasse que ela me colocou. Minhas palavras, como sempre, reforçavam seu desejo. Sempre agi assim, apoiando minhas filhas naquilo que seus anseios apontavam, sempre me perguntei se não as prejudiquei com isso, deixando de insistir em escolhas mais trabalhosas, que, ao final, renderiam-lhes saídas ainda mais proveitosas. Confesso que, como analista, tenho dificuldade em pensar soluções para a vida das pessoas que não sejam compatíveis com seus mais profundos anseios, com uma ressalva: é preciso ter em conta que repetições neuróticas gostam de fantasiar-se de desejos. Talvez, nossa profissão não seja das melhores para a parentalidade. Enfim, era essa a dúvida que voltou na cena do pijama.

Em outra crônica, que, de fato, publiquei, demonstrei como nosso inconsciente responde a um calendário emocional próprio, sempre determinando os tempos dos processos, quer seja de luto, quer seja de amadurecimento ou de tomada de decisões. Sabe aquele relógio que há dentro dos dispositivos eletrônicos, que, mesmo que o aparelho esteja desligado, mantém o horário e a agenda atualizados? Nosso inconsciente é igual. Ele tem um calendário infalível, que faz com que tenhamos sensações ou pensamentos "comemorativos" de datas que sequer sabíamos que lembrávamos. Reproduzo aqui o texto, à guisa de exemplo. Curiosamente, essa história também envolve pijamas:

Quando somos tomados por uma tristeza incompreensível, um desânimo fora de sentido, um choro estranho, uma raiva despropositada, enfim, algo aparentemente fora de lugar, talvez seja o tal "calendário emocional". Algo pode estar sendo evocado nessa data. Sem ter consciência, fazemos o luto de aniversários de morte, de separação, da saída de um emprego, da partida de um filho, de um aborto ou qualquer outro evento significativo, duro ou doído. Todas as datas estão registradas em nosso relógio interno. Para fazer você acreditar nisso, vou contar uma história, que aconteceu com uma paciente, que foi surpreendente até para mim, mesmo depois de décadas de trabalho como psicanalista.

Ela acordava todos os dias às três da manhã, depois demorava para dormir. Olhar o relógio e confirmar a infalibilidade do despertador interno só piorava as coisas. A sensação era de estar sendo vítima de um complô. Havia anos que quebrávamos a cabeça tentando entender o porquê dessa persistente repetição.

Sua vida mudou e isso passou. Andávamos esquecidas do enigma, quando ela se pôs a falar sobre um período muito solitário e difícil em que, a trabalho, vivera no Japão. Foi lá que essa maldição das três da manhã começou e, nas noites insones, costumava pensar que aqui eram três horas da tarde. Dessa vez, ao contar a história, lembrou que, durante sua infância, o pai, que era viajante e passava a semana fora, partia sempre aos domingos, às três da tarde. Na sua ausência, minha paciente ficava à mercê da mãe, cuja agressividade se expressava principalmente com ela. A filha sabia que a saída do pai era o começo de uma jornada semanal de gritos e castigos.

Muitos anos depois, soube-se que esse homem tinha duas famílias e, mesmo sem ter consciência disso, nossa sonhadora intuía que sua partida era muito mais significativa do que se fosse apenas trabalhar. O hábito de despertar às três da madrugada, sentindo-se abandonada, como ocorria naquele lugar estrangeiro de fuso horário invertido, era um reencontro com a desolação que chegava quando ele partia.

Essa história lembra a força das moções internas que governam nossa vida. Elas serão tanto mais persistentes quanto menos tivermos acesso a seu significado. Podemos combater uma insônia como essa, por exemplo, usando uma medicação ou qualquer outro recurso. Mas não custa ir um pouco mais a fundo e descobrir o sentido oculto desses acontecimentos psíquicos, aparentemente bizarros. Decifrá-los possibilita que nos maravilhemos frente à eficácia da máquina psíquica que nos move. Sua precisão pode até ser assustadora, mas a familiaridade com sua lógica maluca possibilita que certas maldições deixem de nos assombrar.

O relato, nas páginas de uma revista, dessa descoberta clínica foi interessante, inclusive para minha paciente. Foi como se a conduta abusiva de sua progenitora tivesse sido finalmente denunciada, embora anonimamente, e quando sua algoz já estava morta.[8]

Via de regra, o uso de histórias clínicas na escrita responde a situações em que fiquei particularmente tocada por algo que aconteceu em sessão, o que as tornava também a meu respeito. Conste que todas elas figuraram com distorções necessárias, para que ficassem irreconhecíveis. Sempre pedi autorização dos pacientes, explicando por que esse relato poderia ser útil aos leitores e, evidentemente, só o fiz quando achava que o caso não seria prejudicado por tal pinçamento de um evento de análise para fins jornalísticos.

O caso do despertar foi particularmente emocionante para mim como analista, porque, é preciso admitir: nosso trabalho costuma apresentar efeitos mais difusos, não são tão comuns as interpretações e descobertas bombásticas. Comigo, pelo menos, ocorre com triste frequência que, quando algo impactante acontece em uma sessão, isso me abandona imediatamente, sai pela porta junto ao paciente. Depois, fica aquela sensação de que algo importante aconteceu, como quando fica o sentimento de um sonho cujo

---

8 Publicado em 2016, na coluna que tive, por oito anos, na revista *Vida Simples*.

conteúdo não conseguimos acessar. Não me recordo o suficiente para escrever a respeito ou para contar aos colegas. Afinal, esse insight pertence ao paciente, não a mim. Só gravo algo quando toca em minha neurose pessoal, quando estabelece uma ligação com meu próprio inconsciente.

Por vezes, tenho noção de que estamos – o paciente e eu – tendo pensamentos ou ideias muito bacanas, a respeito das quais gostaria de escrever. Só que as esqueço. Elas pertencem àquele momento, àquela análise. Se voltarem depois, é porque também me pertenciam; então, tenho direito de usá-las.

No caso do calendário emocional, houve uma experiência pessoal que já me abismara: certa feita, em meio ao consultório, fui tomada pela sensação de pânico, uma tristeza avassaladora, acompanhada de medo indefinido. Incapaz de identificar o sentido do fenômeno, ocorreu-me que a memória de minha mãe poderia me auxiliar a entender. Telefonei a ela, perguntando se o dia em questão tinha algum significado. Tinha, era o trigésimo aniversário de morte de alguém muito significativo para mim, ocorrido quando eu ainda era bebê. Eu não tinha consciência dessa data, não tinha pensado nas três décadas transcorridas, mas elas coincidiam com a iminência do meu aniversário de 30 anos e da aproximação da idade do falecido. Meu pai morreu de ataque cardíaco quando eu tinha 8 meses, e ele, 32 anos.

Esses pedaços de mim, experiências pessoais ou clínicas, ou mesmo reflexões sobre um livro, um filme ou um fato que foi tocante a ponto de provocar a escrita, são as garatujas, que tenho oferecido a leitores anônimos, uma espécie de psicanálise espalhada ao vento. Gosto de pensar nesses textos como as sementes leves do dente-de-leão, que se dispersam ao sabor das correntes de ar. Uma flor que pede para ser assoprada, fazendo do nosso hálito o motor daquele voo fértil.

Sobre as autoras

Carolina Scoz é psicanalista pela International Psychoanalytical Association (IPA), membro da Sociedade Brasileira de Psicanálise de Campinas (SBPCamp), mestre em Análise do Comportamento (PUC-SP) e doutora em Psicologia (USP). Escreve um pouco a cada dia, às vezes uma página inteira, outras vezes uma palavrinha bonita e nada mais. Vive cercada de filhos, amigos, gatos, livros e sapatos – e uma xícara de chá bem quente, mesmo em noites de verão.

Cláudia Antonelli é psicanalista pela International Psychoanalytical Association (IPA), membro da Sociedade Brasileira de Psicanálise de Campinas (SBPCamp), mestre em Psicologia Clínica (PUC-SP) e doutora em Clínica Médica (Unicamp). É membro do Comitê de Cultura da IPA e autora do livro *O estrangeiro – eu e você. Um olhar psicanalítico contemporâneo* (NEA, 2015). Cláudia também é enófila e integra uma confraria de vinhos; costuma levantar-se com o sol para sua prática de yoga e gosta de exercitar a arte da caligrafia chinesa.

Impressão e Acabamento

(011) 4393-2911